TiC

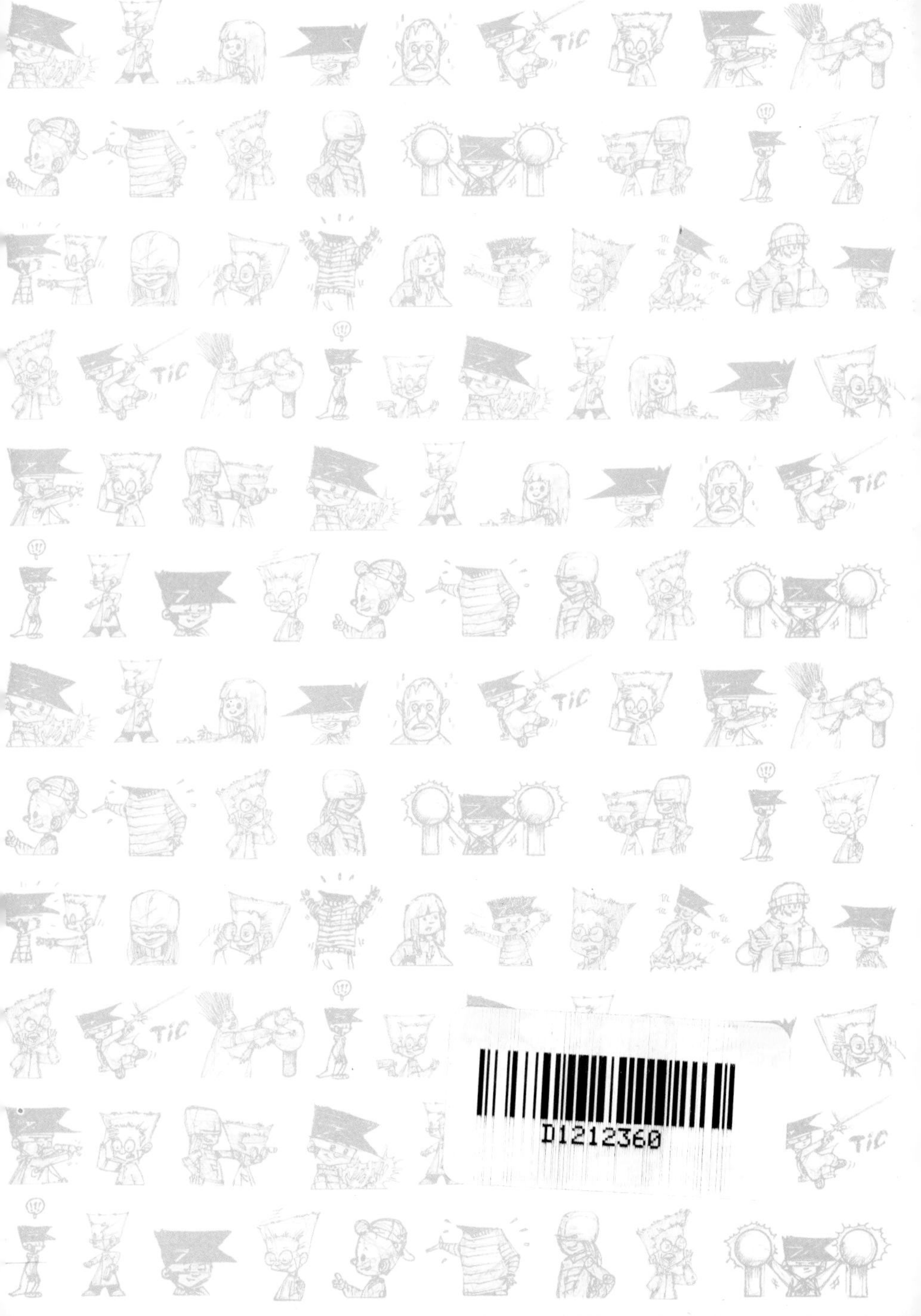

CAPITAINE STATIC

LE MAÎTRE DES ZIONS

Des mêmes créateurs aux Éditions Québec Amérique

SÉRIE CAPITAINE STATIC

Capitaine Static 3 – L'étrange Miss Flissy, bande dessinée, 2009.
- **Finaliste au prix Joe Schuster (Canada) 2010**

Capitaine Static 2 – L'imposteur, bande dessinée, 2008.
- **Finaliste au prix Bédélys Jeunesse 2009**
- **4e position au palmarès Communication-Jeunesse (5-8 ans), 2010**

Capitaine Static 1, bande dessinée, 2007.
- **Lauréat du prix Hackmatack, Le choix des jeunes, 2009**
- **Prix du livre Distinction Tamarack 2009**
- **2e position au palmarès Communication-Jeunesse (5-8 ans), 2009**
- **Finaliste au prix Bédélys Jeunesse 2008**
- **Finaliste au prix Réal-Fillion du Festival de la bande dessinée francophone de Québec 2008**
- **Finaliste au prix Bédélys Causa 2008**
- **Finaliste au prix du livre jeunesse de la Ville de Montréal 2008**

Du même auteur

Le Chat de garde, roman, 2010.
Récompense promise: un million de dollars, roman, 2008.

Alain M. Bergeron et Sampar

CAPITAINE STATIC

LE MAÎTRE DES ZIONS

Québec Amérique

Catalogage avant publication de Bibliothèque et Archives nationales du Québec et Bibliothèque et Archives Canada

Bergeron, Alain M.
Capitaine Static. 4, Le maître des zions
Bandes dessinées.
Pour les jeunes.
ISBN 978-2-7644-0760-8
I. Sampar. II. Titre. III. Titre : Maître des zions.
PN6734.C354B47 2010   j741.5'971   C2010-940440-8

Conseil des Arts   Canada Council
du Canada   for the Arts

SODEC
Québec ⬛⬛

Nous reconnaissons l'aide financière du gouvernement du Canada par l'entremise du Fonds du livre du Canada pour nos activités d'édition.

Gouvernement du Québec – Programme de crédit d'impôt pour l'édition de livres – Gestion SODEC.

Les Éditions Québec Amérique bénéficient du programme de subvention globale du Conseil des Arts du Canada. Elles tiennent également à remercier la SODEC pour son appui financier.

Québec Amérique
329, rue de la Commune Ouest, 3ᵉ étage
Montréal (Québec) H2Y 2E1
Téléphone : 514 499-3000, télécopieur : 514 499-3010

Dépôt légal : 3ᵉ trimestre 2010
Bibliothèque nationale du Québec
Bibliothèque nationale du Canada

Projet dirigé par Marie-Josée Lacharité
Révision linguistique : Chantale Landry
Direction artistique : Karine Raymond
Adaptation de la grille graphique : Nathalie Caron
Réimpression : février 2011

Imprimé à China.
9 8 7 6 5 4 3 2 1   15 14 13 12 11

À François Gravel, le maître des mots

AVERTISSEMENT

Qui s'y frotte, s'y *TIC !*
Telle est la devise du Capitaine Static.

Chapitre 1

Est-ce que Superman devait se brosser les dents avant de voler au secours des opprimés ? Est-ce que Spider-Man devait faire son lit, le matin, pour ensuite tisser sa toile et capturer des brigands ? Sûrement pas.

Alors, dites-moi pourquoi moi, l'unique Capitaine Static, je devrais effectuer toutes ces tâches ingrates avant d'aller à l'école ?

SSCHHSSSCHHSSSCH
Pourquoi ? Parce que ma mère l'exige...
Il me reste une dernière tâche à accomplir.
Charles ! N'oublie pas de sortir le chien ! Il a envie !

Correction : il me reste *deux* tâches à accomplir : sortir le chien… et me charger !

Oui, me charger pour commencer ma journée. À titre de super-héros, il me faut être sur mes gardes au cas où... On ne sait jamais ce qui nous pend au bout du nez. Par exemple : Gros Joe et sa bande, ou Miss Flissy avec son damné chien, Dawny.

En vitesse, je chausse les pantoufles tricotées par ma mémé. Et là, je fais exactement ce que ma mère me reproche continuellement.

TIC
TIC
TIC
TIC TIC
Charles ! Cesse de te traîner les pieds !
TIC
TIC
TIC
Je sens aussitôt des picotements envahir mon corps.
TIC
TIC
TIC
C'est le secret du Capitaine Static.
TIC
TIC

Comme l'automne est plutôt frais, merci, j'enfile un chandail de laine par-dessus mon costume. Ma tête passe difficilement dans l'encolure. Je dois tirer et tirer. C'est terrible. J'ai la tête coincée dans le col! Aurait-elle enflé ces derniers jours? Il me semble pourtant que je suis resté assez humble, malgré mes nombreux exploits incroyables…

La sonnerie de la porte d'entrée. Probablement Pénélope, la plus belle fille du quartier qui vient me chercher. Nous nous rendons à l'école ensemble ce matin afin de discuter des derniers détails de notre présentation à l'Expo-Sciences.

Charles! Peux-tu répondre, s'il te plaît?

Je voudrais bien, mais je suis un peu coincé, maman…

Pas sûr qu'elle m'ait entendu. Pénélope, elle, insiste.
DING DONG

C'est très impoli de ma part de la laisser s'impatienter à l'extérieur. Ah et puis… zut!

J'y vais!
DING DONG

CHARLES SIMARD!
Oui! Oui! Oui!

Si j'avais une vue à rayons X comme Superman, ce serait plus facile de voir mon chemin. Finalement, après le troisième ding-dong, j'ouvre enfin. Mon chien se précipite dehors sous les éclats de rire. Je les identifie tout de suite comme étant ceux de Pénélope et de son petit frère, Fred.

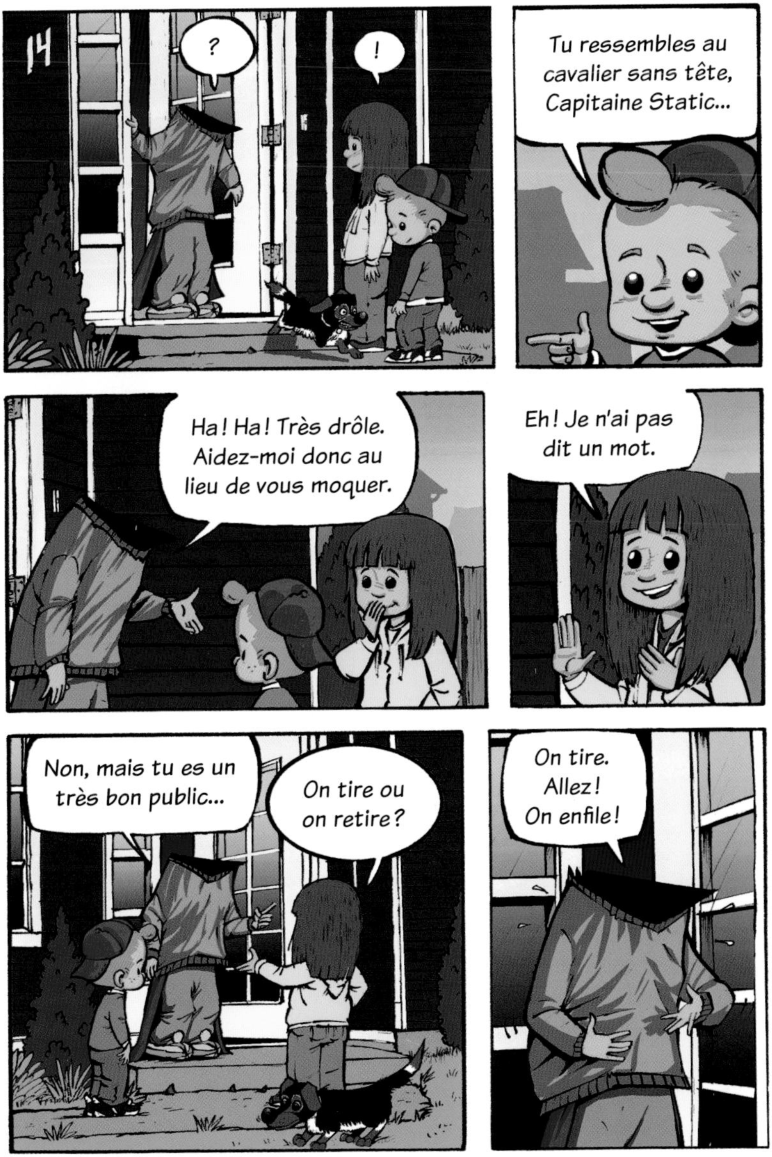
14
?
!
Tu ressembles au cavalier sans tête, Capitaine Static...
Ha ! Ha ! Très drôle. Aidez-moi donc au lieu de vous moquer.
Eh ! Je n'ai pas dit un mot.
Non, mais tu es un très bon public...
On tire ou on retire ?
On tire. Allez ! On enfile !

Pénélope et Fred joignent leurs efforts aux miens. Lentement, ma tête se faufile enfin dans l'encolure.

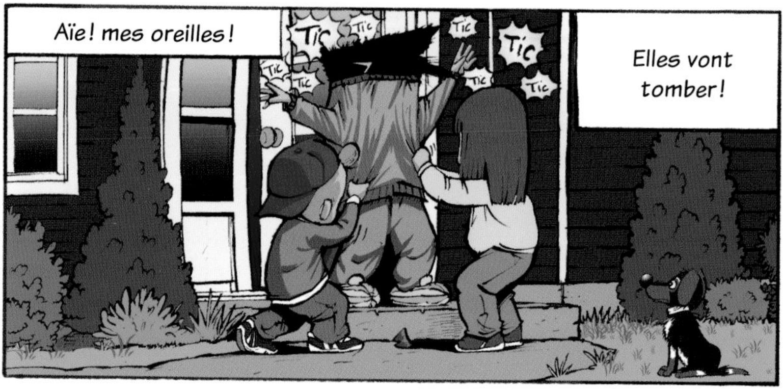
Aïe! mes oreilles!
Elles vont tomber!

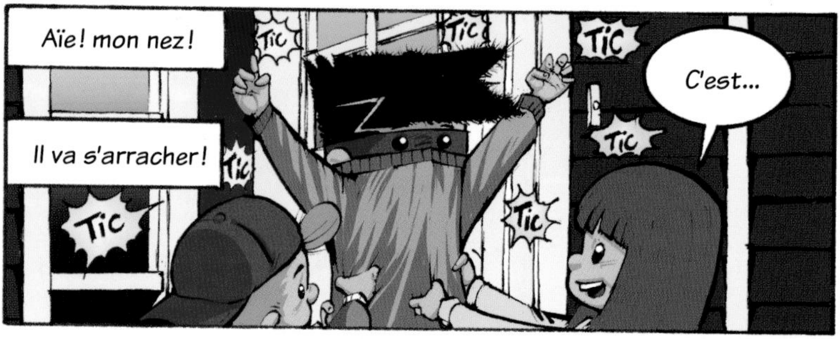
Aïe! mon nez!
Il va s'arracher!
C'est...

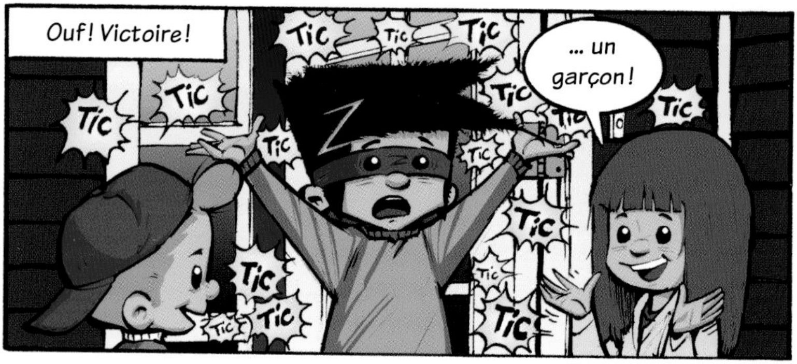
Ouf! Victoire!
... un garçon!

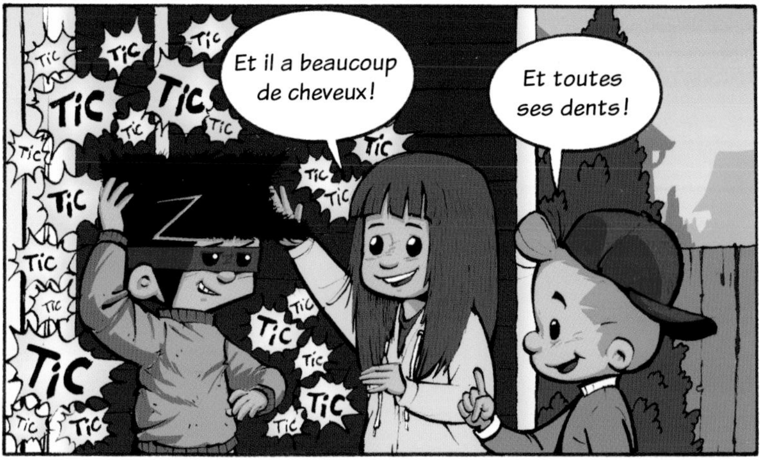
Et il a beaucoup de cheveux!
Et toutes ses dents!

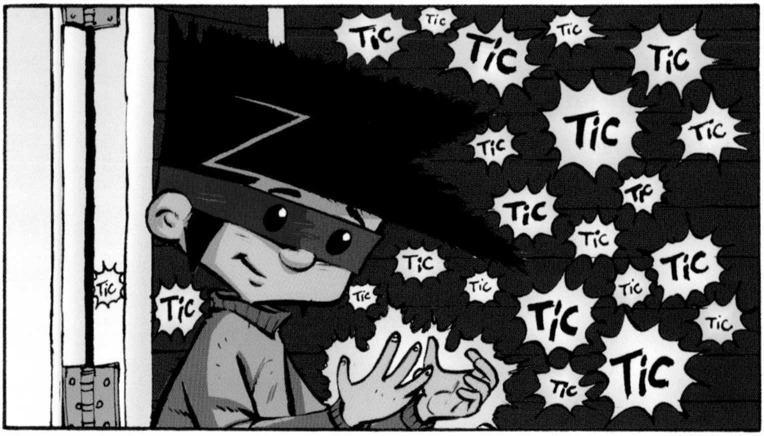

On dirait bien que l'incident du chandail de laine m'a procuré une charge supplémentaire. Je sens de nouveau l'électricité statique qui s'accumule en moi. Une vraie pile rechargeable! J'ai découvert une nouvelle source d'énergie renouvelable, à portée de ma main. Décidément, je suis plein de ressources!

Chapitre 2

Le gymnase de notre école est le théâtre de l'Expo-Sciences locale. Une vingtaine de kiosques ont été montés pour l'occasion. Pénélope et moi voulons démontrer que deux citrons peuvent générer de l'électricité et allumer une ampoule de quinze watts. Vous êtes sceptiques? Pourtant, je vous jure que ça fonctionne, parole de Capitaine Static!

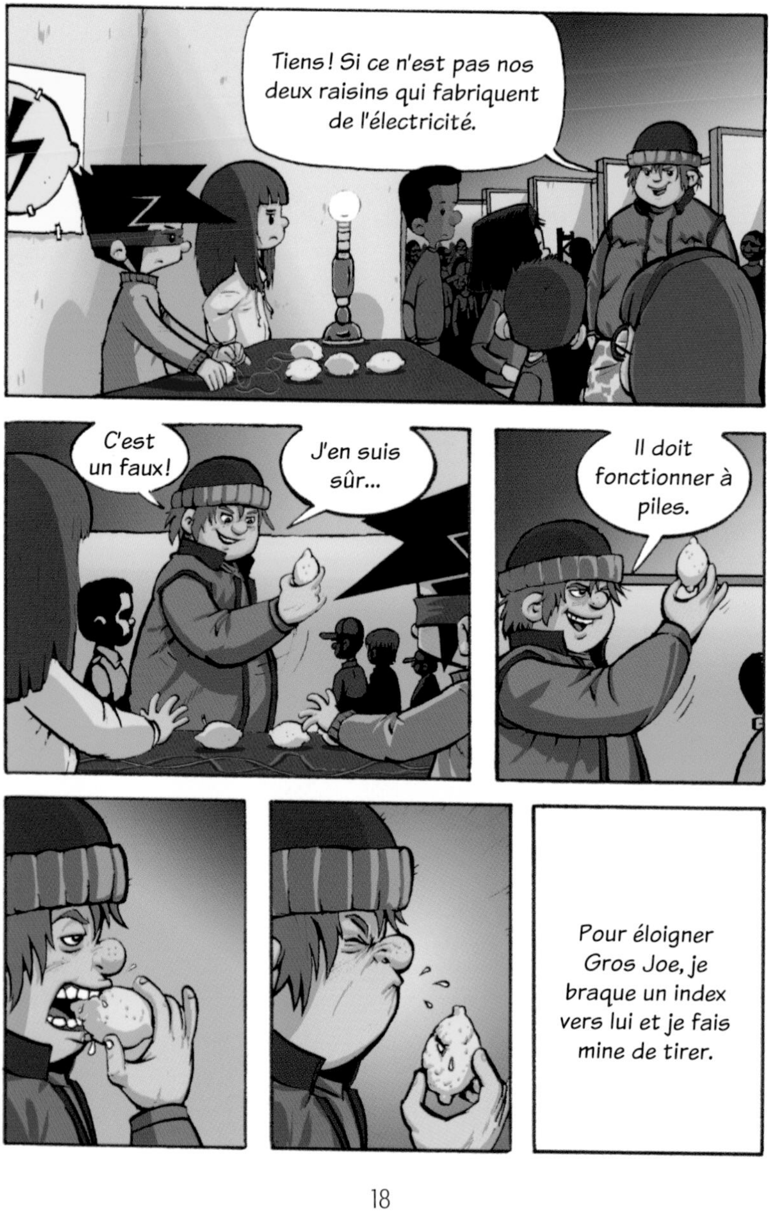
Tiens ! Si ce n'est pas nos deux raisins qui fabriquent de l'électricité.
C'est un faux !
J'en suis sûr…
Il doit fonctionner à piles.
Pour éloigner Gros Joe, je braque un index vers lui et je fais mine de tirer.

Ce gros peureux se réfugie sous la table d'en face, celle occupée par le génie de l'école, Van de Graaf. Un type brillant, réservé et très timide. En fait, on ne sait pas grand-chose sur lui, sinon qu'il s'intéresse aux sciences et qu'il n'a pas d'amis.

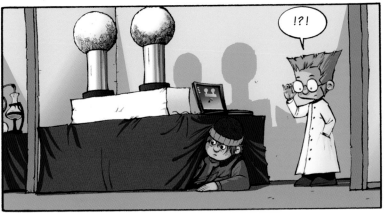

Pour son projet, Van de Graaf a créé un générateur. Je n'ai pas trop compris le fonctionnement, à l'exception que l'appareil peut produire de l'électricité statique. C'est complexe à faire dresser les cheveux sur la tête !

Quoique la plupart des travaux soient réalisés en équipe, il semblerait que Van de Graaf ait préféré faire cavalier seul. Gros Joe, pour sa part, s'acoquine de nouveau avec Angélikou Demontigny. Mes deux ennemis ont songé à une expérience sur les volcans. Ils espèrent simuler une éruption.

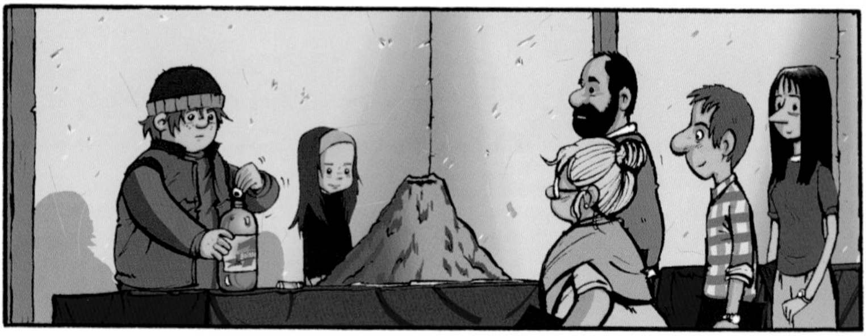

Les scientifiques en herbe sont fébriles alors que le concours débute. Les membres du jury, dont mon professeur, monsieur Patrice, s'arrêtent aux différents kiosques. Ils posent des questions, rédigent des notes, hochent la tête, se prennent le menton pour nous témoigner leur intérêt. Quand vient leur tour, Gros Joe laisse le plancher à sa coéquipière qui leur livre ses connaissances en la matière.

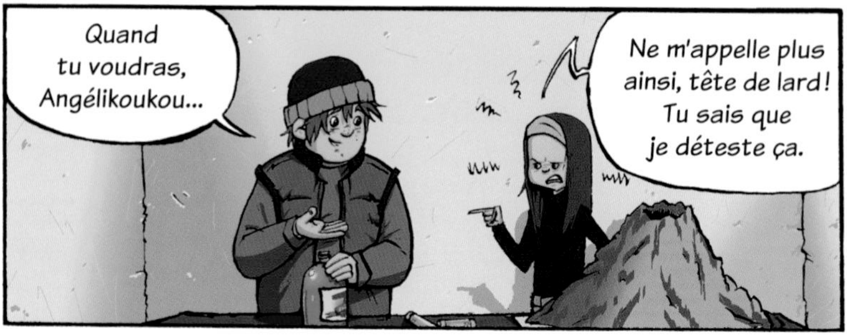
Quand tu voudras, Angélikoukou...
Ne m'appelle plus ainsi, tête de lard! Tu sais que je déteste ça.

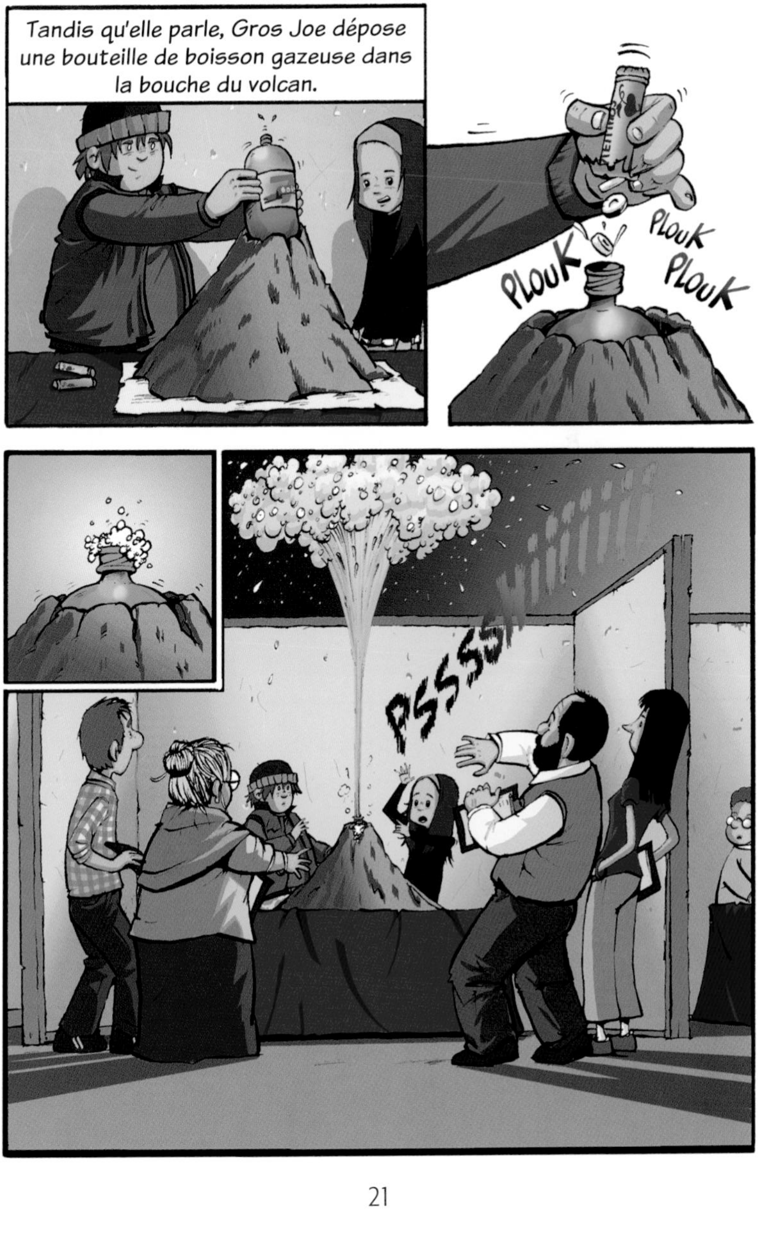
Tandis qu'elle parle, Gros Joe dépose une bouteille de boisson gazeuse dans la bouche du volcan.
PLOUK
PLOUK
PLOUK
PSSSSH

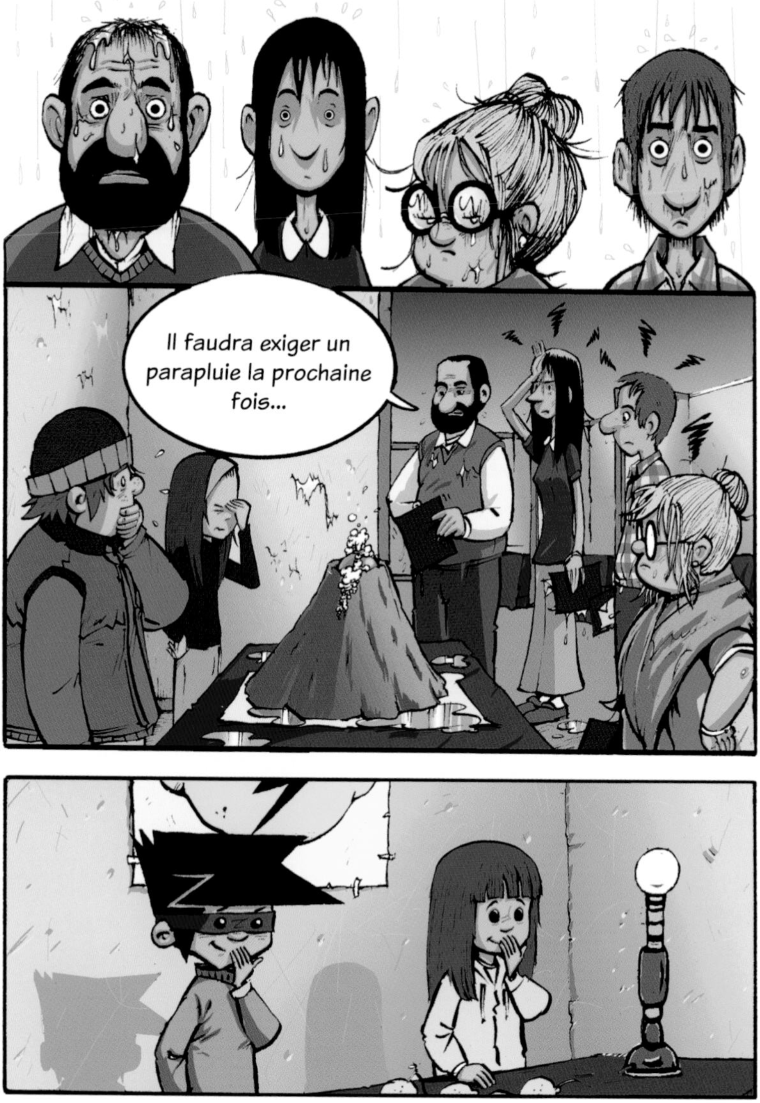
Il faudra exiger un parapluie la prochaine fois...

Tant pis pour Gros Joe et Angélikou. Leurs chances de gagner sont pratiquement nulles maintenant. Ça leur apprendra à essayer de jouer les apprentis sorciers.

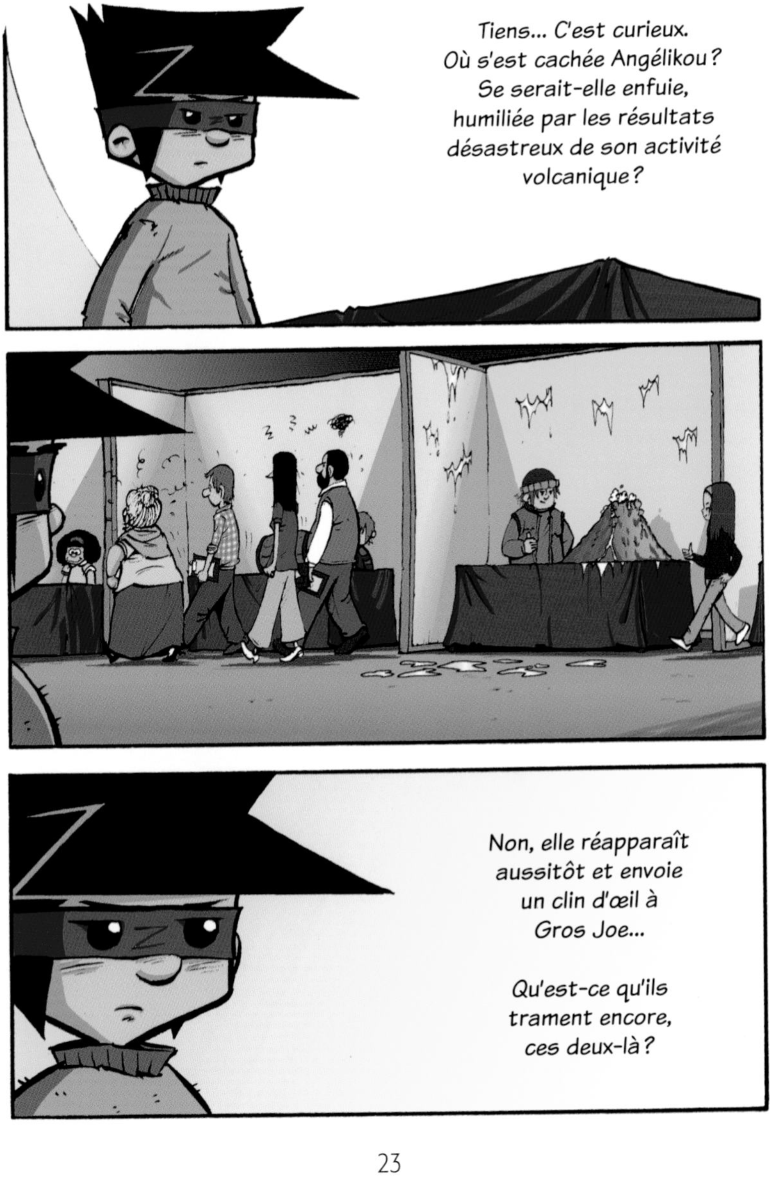
Tiens... C'est curieux. Où s'est cachée Angélikou? Se serait-elle enfuie, humiliée par les résultats désastreux de son activité volcanique?
Non, elle réapparaît aussitôt et envoie un clin d'œil à Gros Joe...
Qu'est-ce qu'ils trament encore, ces deux-là?

Chapitre 3

Les membres du jury, encore dégoulinants de boisson gazeuse, poursuivent leur évaluation. D'un geste nerveux, Van de Graaf essuie ses lunettes. Il désigne son installation.

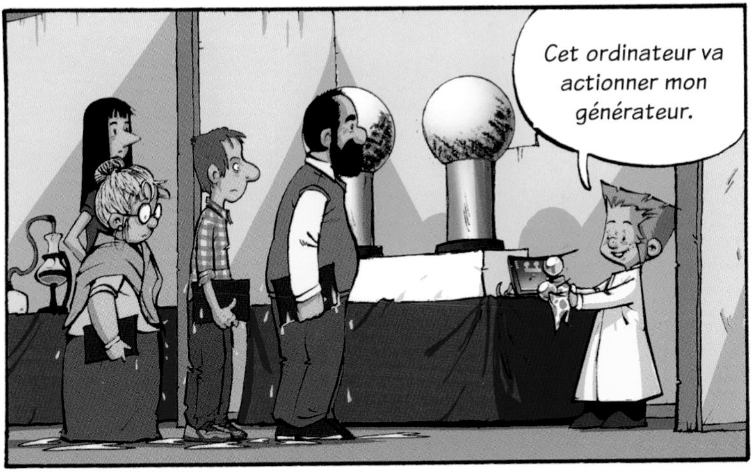
Cet ordinateur va actionner mon générateur.

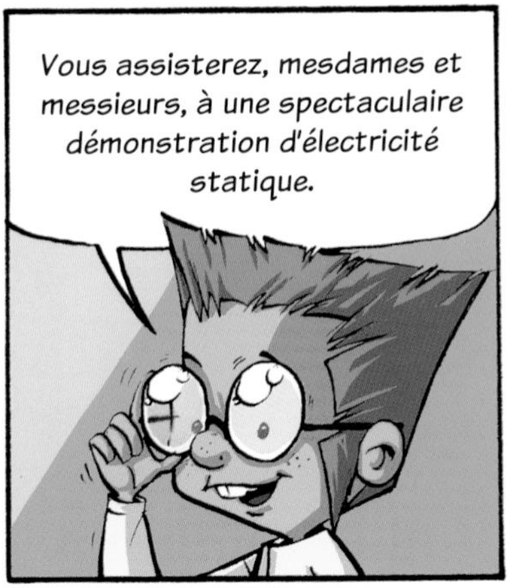
Vous assisterez, mesdames et messieurs, à une spectaculaire démonstration d'électricité statique.

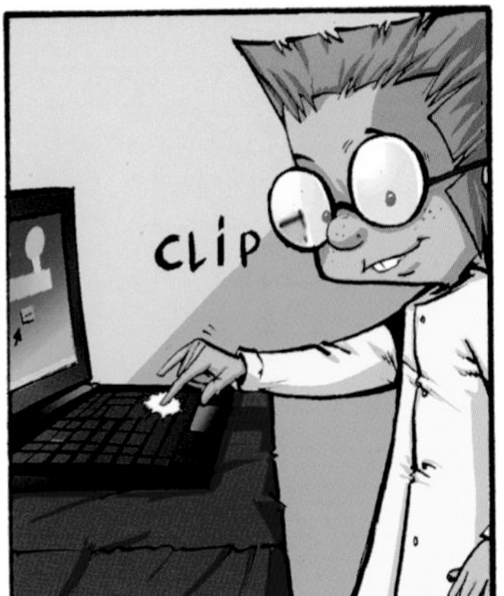
CLIP

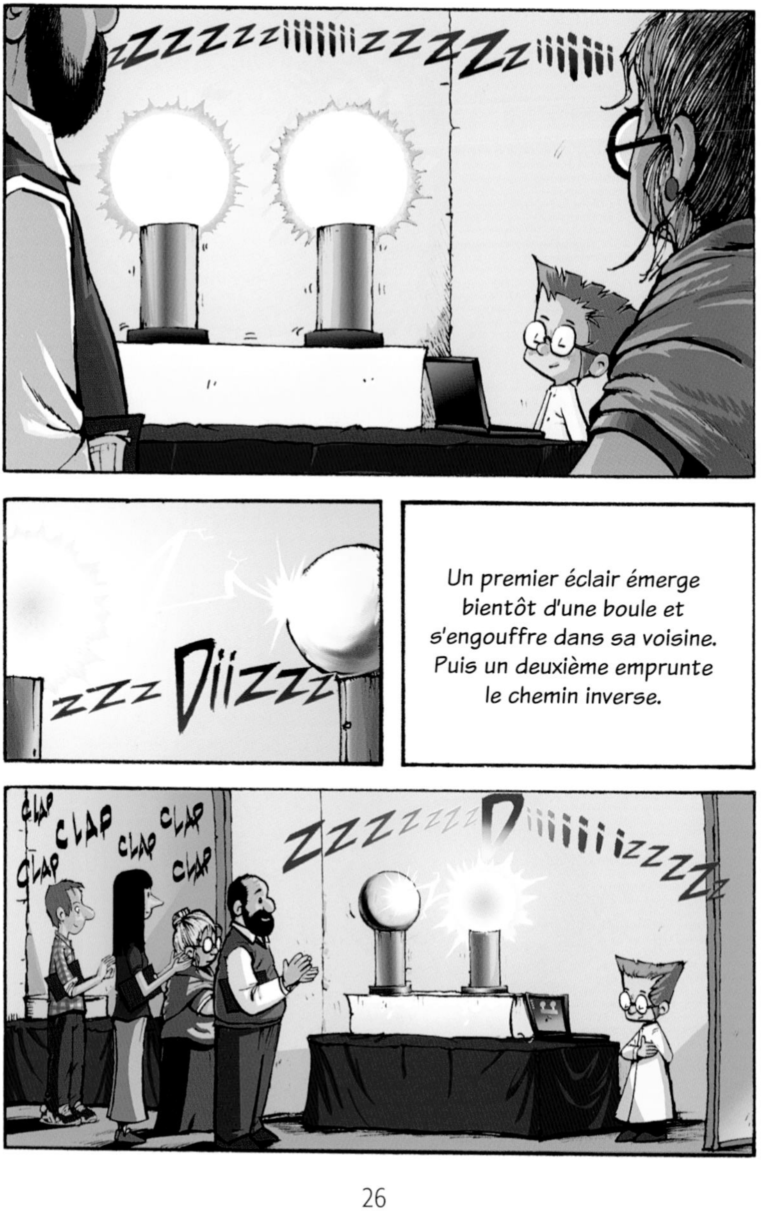
zZZZZzziiiiiiizzzZZz iiiiiii
zZz DiiZZZ
Un premier éclair émerge bientôt d'une boule et s'engouffre dans sa voisine. Puis un deuxième emprunte le chemin inverse.
CLAP
CLAP
CLAP
CLAP
CLAP
CLAP
ZZZZzzzDiiiiii iZZZZz

Les membres du jury sont ébahis. Il est évident que Van de Graaf remportera la première place. Et il l'aura méritée. Ce sera le meilleur représentant de notre école à la finale provinciale. J'en suis heureux pour lui.

Le manège électrique reprend de plus belle. Tous ces éclairs qui fusent, c'est du tonnerre. Puis, sans raison, la machine s'emballe et se met à vibrer violemment.

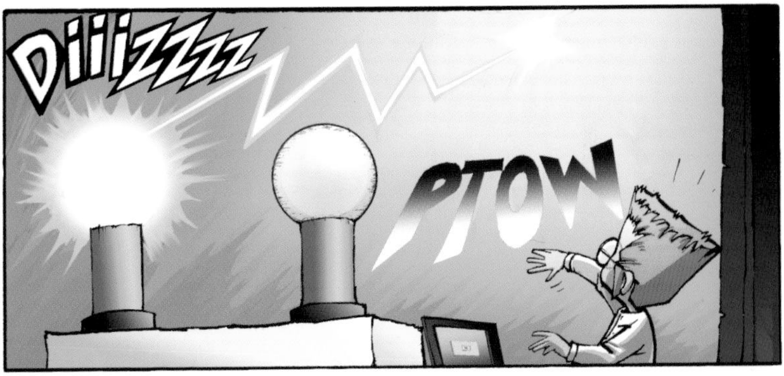
DIIIZZZZ
PTOW

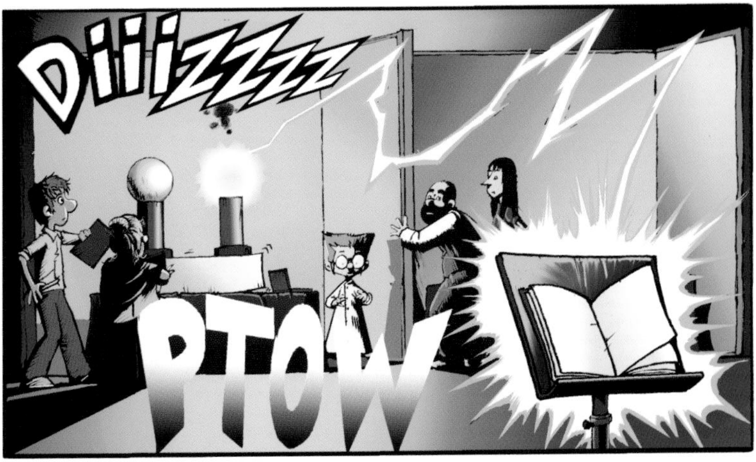
DIIIZZZZ
PTOW

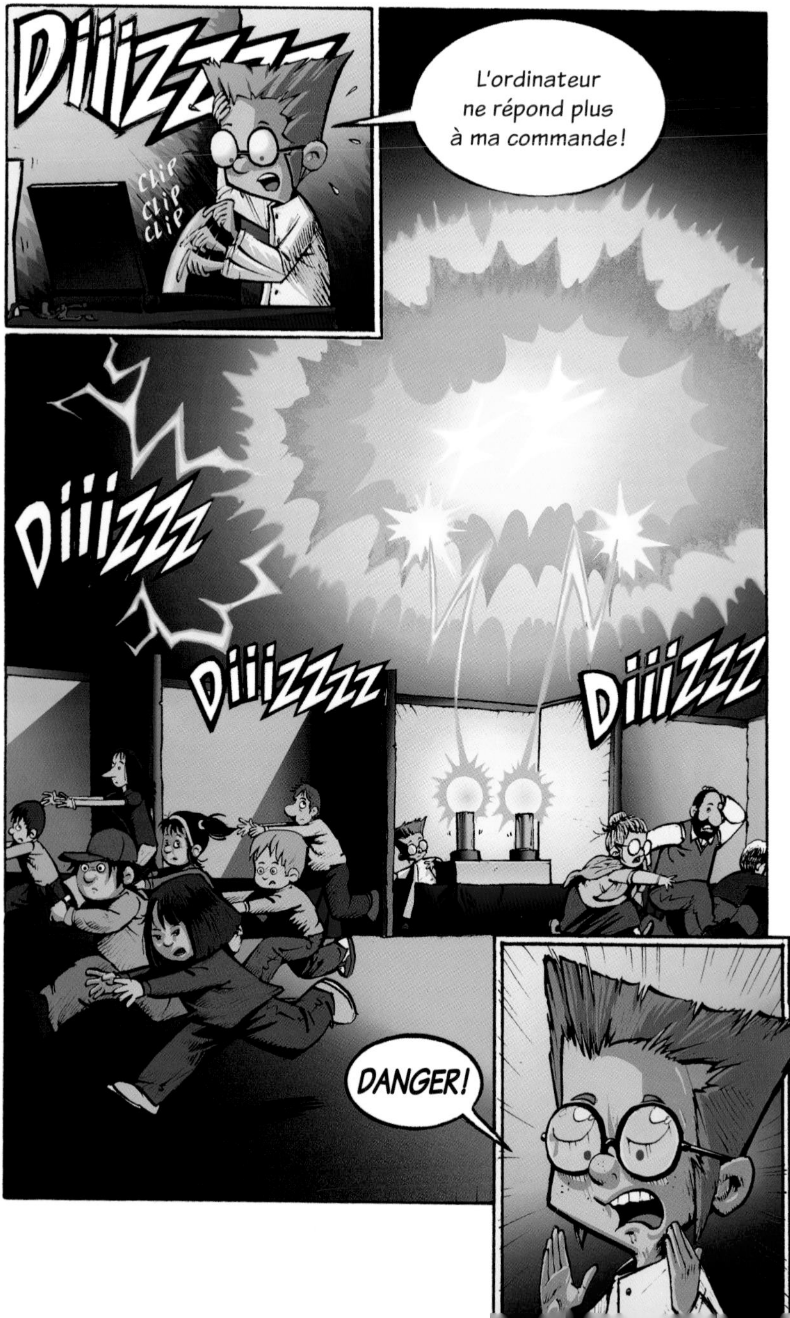
Diiiz
CLIP CLIP CLIP
L'ordinateur ne répond plus à ma commande!
Diiizzz
Diiizzzz
Diiizzz
DANGER!

Le globe d'énergie statique s'anime de lui-même. Il tournoie de plus en plus vite, puis voltige dans les airs en décrivant un arc. Il frôle dangereusement les têtes des élèves réunis dans le gymnase.

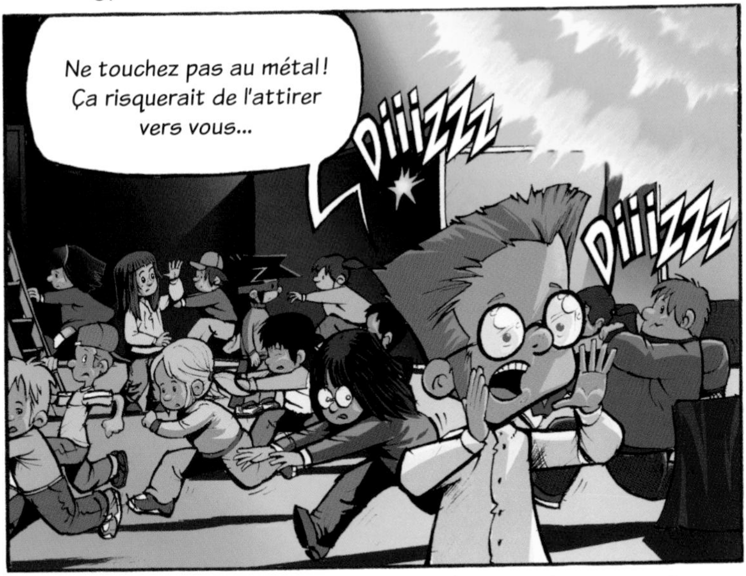
Ne touchez pas au métal! Ça risquerait de l'attirer vers vous...
DIIIZZZ
DIIIZZZ

L'alerte vient trop tard pour Pénélope qui, en reculant, se heurte à une échelle. La tension est à son comble... À moi de jouer! Sans égard pour mes oreilles et mon nez, je retire avec violence mon chandail de laine. Aïe!

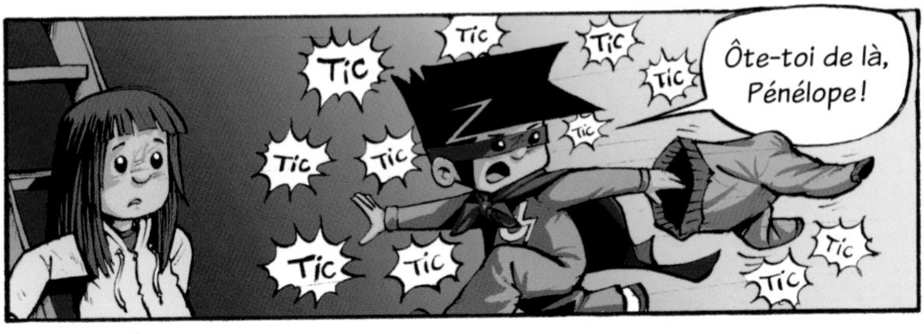
Tic
Tic
Tic
Tic
Ôte-toi de là, Pénélope!
Tic
Tic
Tic
Tic
Tic
Tic
Tic

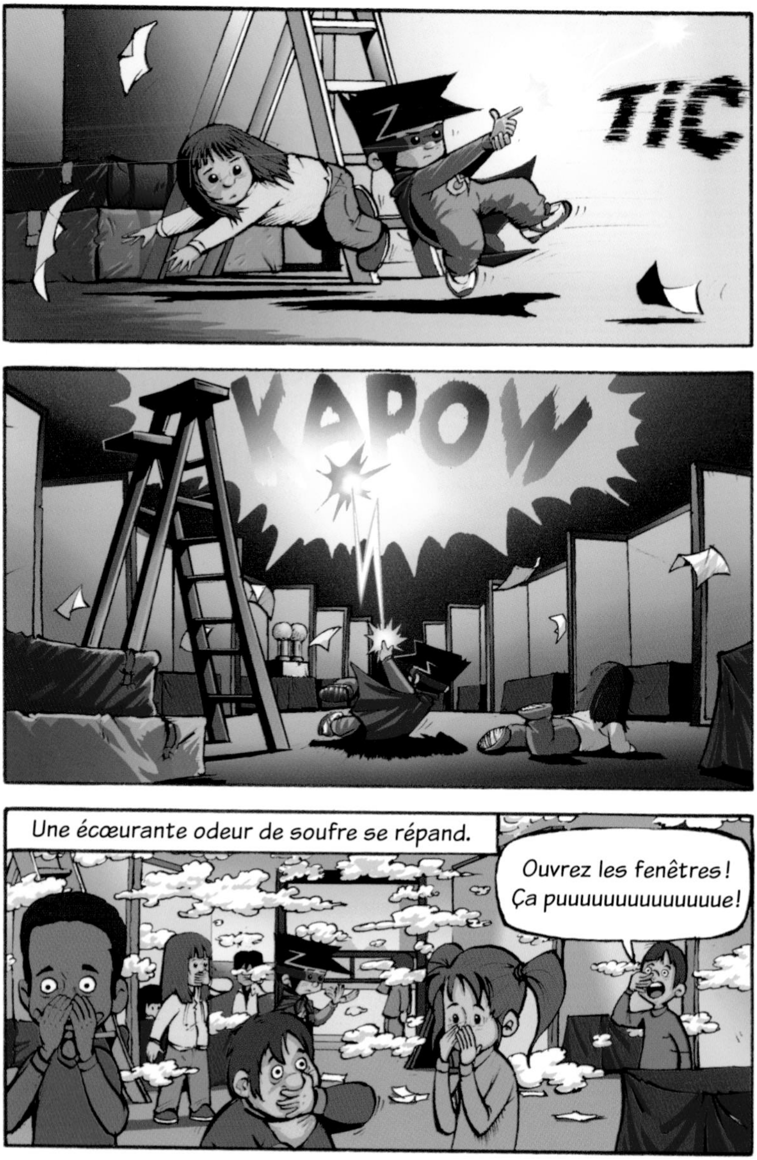
TIC
KAPOW
Une écœurante odeur de soufre se répand.
Ouvrez les fenêtres!
Ça puuuuuuuuuuuuuuue!

Le calme revient au bout de quelques secondes. Van de Graaf a réussi à débrancher son ordinateur. Abattu, il ne s'explique pas ce qui s'est produit.

Ça fonctionnait pourtant parfaitement hier...

Après avoir été arrosés de boisson gazeuse et quasi carbonisés, les membres du jury rédigent furieusement leurs remarques.

Dire qu'on nous avait promis que ce serait une partie de plaisir cette tâche de juges...

Angélikou s'avance vers Van de Graaf et lui chuchote quelque chose. J'en suis le premier étonné. Elle ne lui parle jamais. De la compassion, elle ? Oui, quand les poules auront des dents, la semaine des quatre jeudis…

De la déconfiture la plus totale, Van de Graaf vire soudain à la colère... à mon endroit ! Il s'élance vers moi, l'index percutant l'écusson de mon costume plusieurs fois.

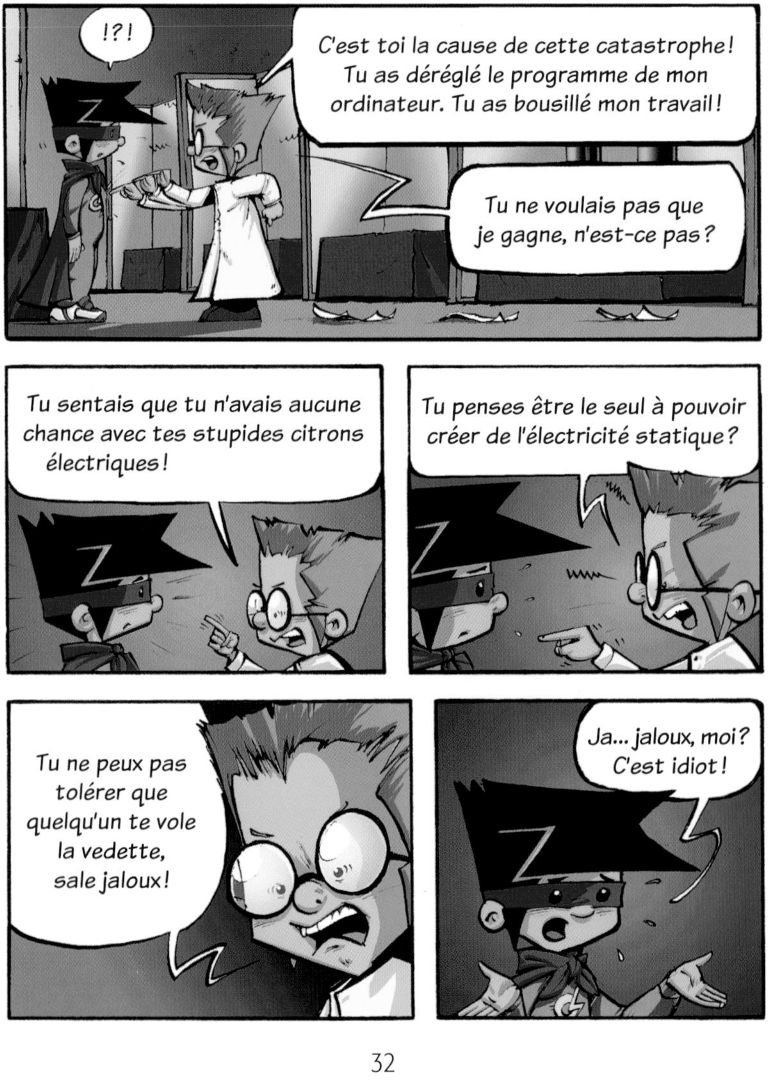

!?!
C'est toi la cause de cette catastrophe! Tu as déréglé le programme de mon ordinateur. Tu as bousillé mon travail!
Tu ne voulais pas que je gagne, n'est-ce pas?
Tu sentais que tu n'avais aucune chance avec tes stupides citrons électriques!
Tu penses être le seul à pouvoir créer de l'électricité statique?
Tu ne peux pas tolérer que quelqu'un te vole la vedette, sale jaloux!
Ja... jaloux, moi? C'est idiot!

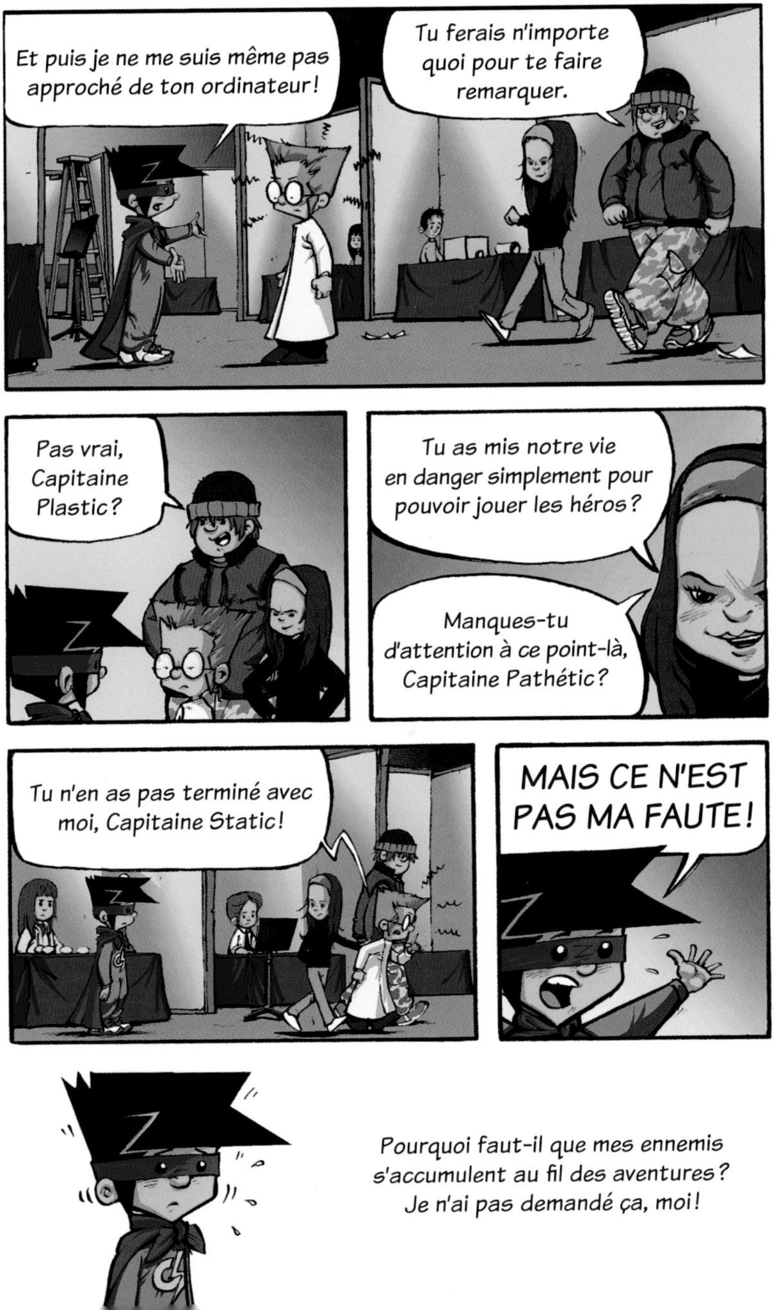
Et puis je ne me suis même pas approché de ton ordinateur!
Tu ferais n'importe quoi pour te faire remarquer.
Pas vrai, Capitaine Plastic?
Tu as mis notre vie en danger simplement pour pouvoir jouer les héros?
Manques-tu d'attention à ce point-là, Capitaine Pathétic?
Tu n'en as pas terminé avec moi, Capitaine Static!
MAIS CE N'EST PAS MA FAUTE!
Pourquoi faut-il que mes ennemis s'accumulent au fil des aventures? Je n'ai pas demandé ça, moi!

Chapitre 4

À la suite de cette matinée catastrophique, les membres du jury de l'Expo-Sciences ont décidé de faire une pause. Ils reprendront leur évaluation ce week-end en compagnie du public.

Ma journée n'est pas perdue pour autant. Une équipe de la télé, venue sur place dans le cadre d'un reportage, s'est intéressée à mon personnage. Étonné? Moi? Oui! Étonné que ça ne se soit pas produit avant! Pendant deux secondes et demie, j'ai presque eu envie de refuser la demande d'entrevue de la journaliste, madame Valence. Elle veut m'inviter à son émission «Des gens hors de l'ordinaire». L'appellation est un peu fade, mais peut-être que mon passage incitera les responsables à ajouter un peu de *TIC!* dans le titre.

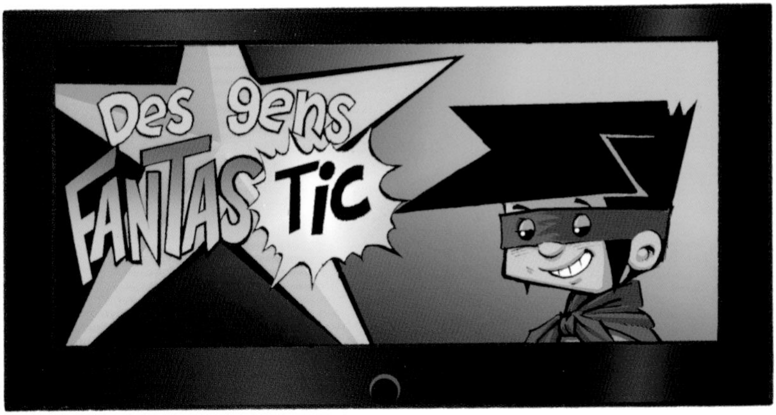
Des gens
FANTAS TIC

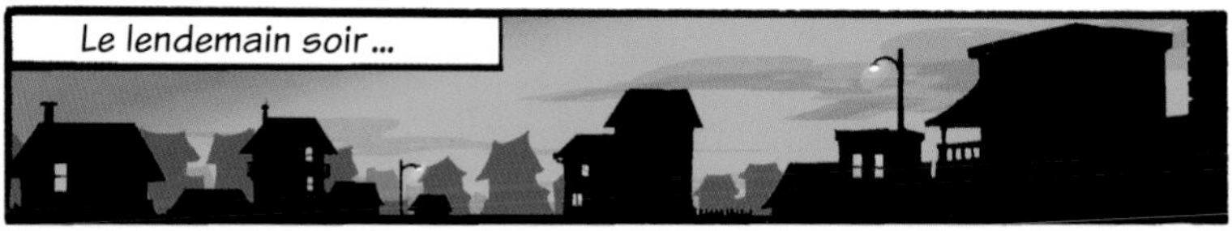
Le lendemain soir...

C'est l'heure. On me conduit au plateau de télé, d'où l'émission sera diffusée en direct. Madame Valence, la journaliste, m'y accueille chaleureusement et m'invite à m'asseoir. Évidemment, ma présence engendre des applaudissements parmi le public. Public que je salue respectueusement, d'autant qu'il m'acclame.

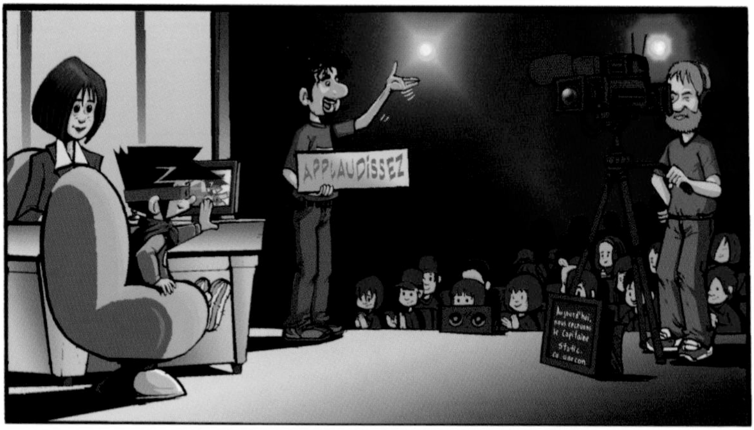
APPLAUDISSEZ

Oups! Erreur. C'est l'animateur de foule qui montre aux gens de quelle façon et à quel moment il faut applaudir...

L'air de rien, je fais comme si j'avais aperçu quelqu'un que je connaissais dans la salle. Malheureusement, il n'en est rien. Les puissants projecteurs m'aveuglent. Je devine plus que je ne vois Pénélope et Fred. Je reconnais toutefois un rire gras, celui de Gros Joe! Car il y a des gens «ordinaires» qui assistent à l'émission «Des gens hors de l'ordinaire».

Je vois finalement Gros Joe, ses trois comparses et Angélikou Demontigny, vêtue en Miss Flissy.

Pourquoi est-elle déguisée ainsi? Ce n'est pas l'Halloween! Et puis, croit-elle pouvoir être invitée sur le même plateau que votre Capitaine Static adoré? Dans ses rêves!

L'entrevue commence. Un moniteur télé, à la gauche de madame Valence, me renvoie mon visage. Hum… Beau bonhomme! J'ai presque envie de me signer un autographe!

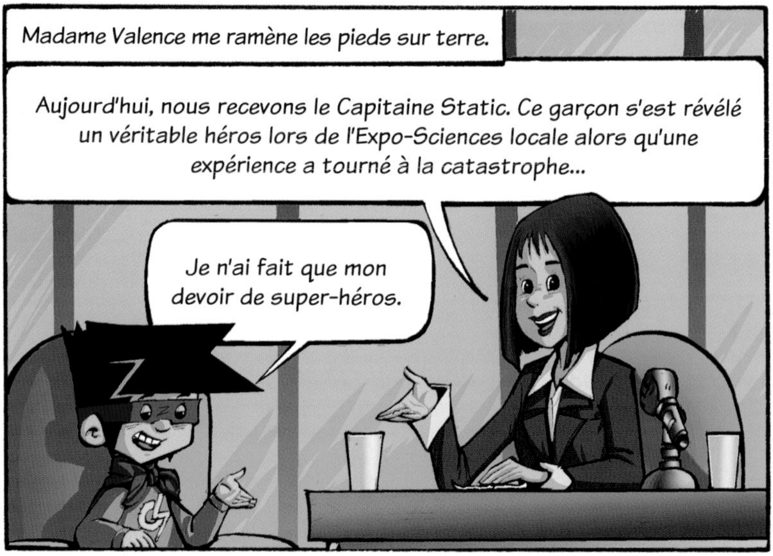
Madame Valence me ramène les pieds sur terre.
Aujourd'hui, nous recevons le Capitaine Static. Ce garçon s'est révélé un véritable héros lors de l'Expo-Sciences locale alors qu'une expérience a tourné à la catastrophe...
Je n'ai fait que mon devoir de super-héros.

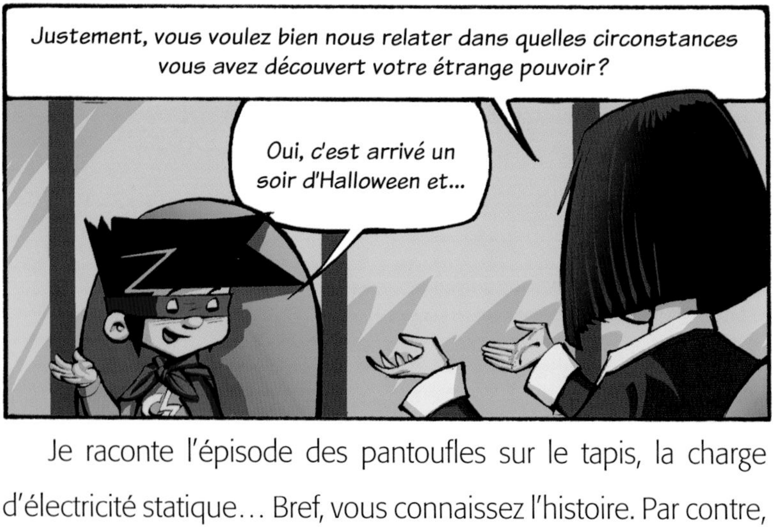
Justement, vous voulez bien nous relater dans quelles circonstances vous avez découvert votre étrange pouvoir?
Oui, c'est arrivé un soir d'Halloween et...

Je raconte l'épisode des pantoufles sur le tapis, la charge d'électricité statique... Bref, vous connaissez l'histoire. Par contre, les adultes, il faut tout leur expliquer en long et en large.

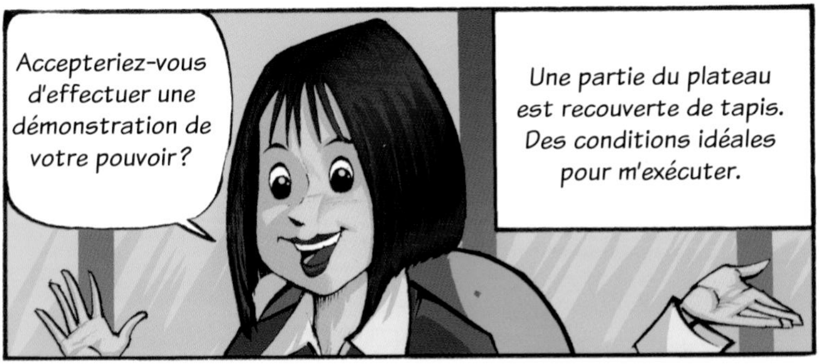
Accepteriez-vous d'effectuer une démonstration de votre pouvoir?
Une partie du plateau est recouverte de tapis. Des conditions idéales pour m'exécuter.

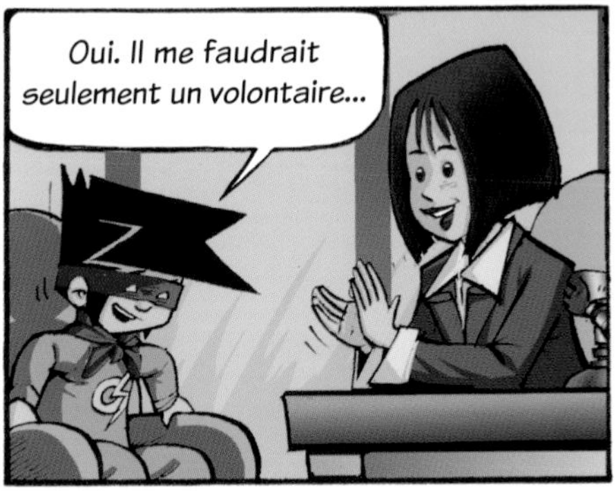
Oui. Il me faudrait seulement un volontaire...

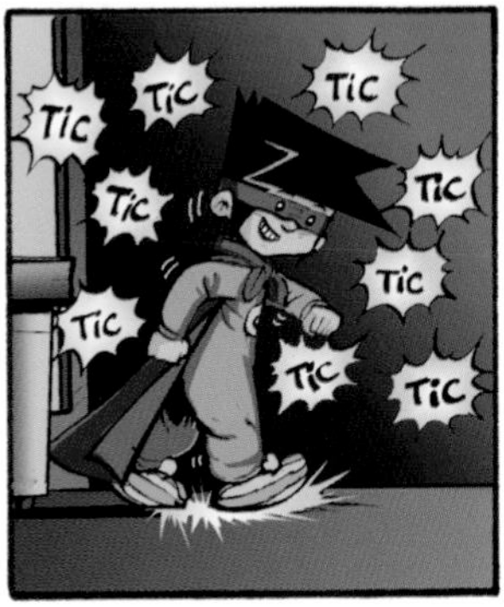
TIC TIC TIC TIC TIC TIC TIC TIC TIC

Pendant que je me charge, madame Valence choisit quelqu'un du public. Un garçon s'avance en sa compagnie. Je suis stupéfié!

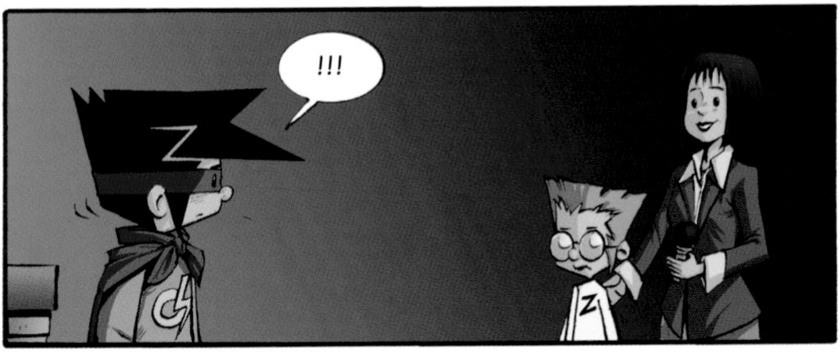
!!!

Vous vous appelez?
Je suis le Maître des Zions!
Voyez-vous ça! Le Capitaine Static et le Maître des Zions sur mon émission.
Moi, le Maître des Zions, j'affirme que le Capitaine Static n'est qu'un imposteur! Il n'a aucun pouvoir spécial et je vais vous le prouver en direct.

Je ne reconnais plus Van de Graaf, le garçon timide et passionné de sciences. Lui qui était si positif vient de virer au pôle négatif... On croirait presque entendre Gros Joe ou Miss Flissy! Van de Graaf aurait-il subi un lavage de cerveau ou avalé leur discours antistatique? Visiblement, il me tient encore responsable de ses déboires à l'Expo-Sciences.

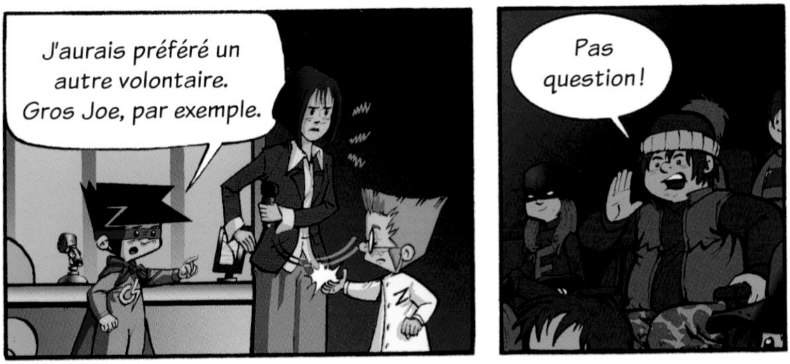
J'aurais préféré un autre volontaire. Gros Joe, par exemple.
Pas question !

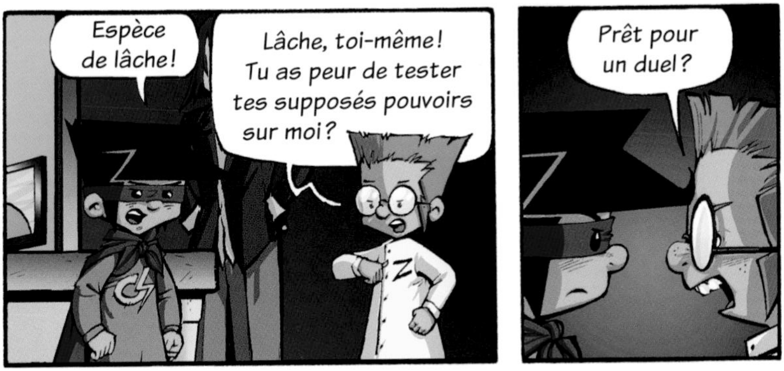
Espèce de lâche !
Lâche, toi-même ! Tu as peur de tester tes supposés pouvoirs sur moi ?
Prêt pour un duel ?

Van de Graaf n'attend pas ma réponse. Il s'écarte de moi et recule de quelques pas. Un face-à-face comme dans les films western. Il ne manque que la musique d'un harmonica et un mouton de poussière qui roule entre nous.

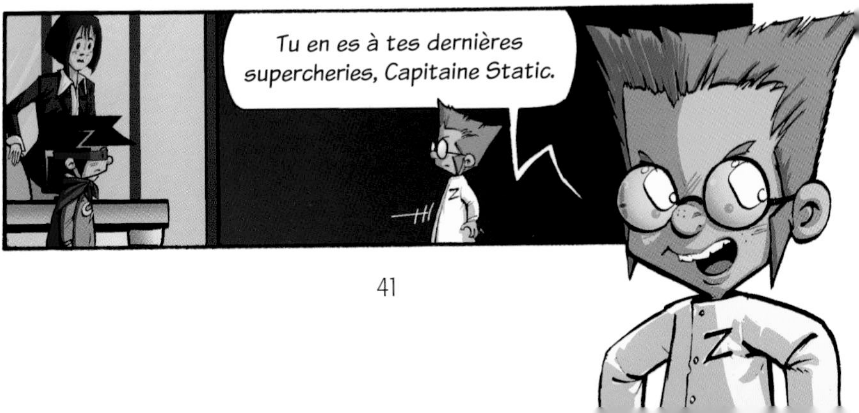
Tu en es à tes dernières supercheries, Capitaine Static.

?
Un pistolet à eau ? Tu veux te mesurer au Capitaine Static avec un jouet ?
Tu parles trop ! **FEU !**

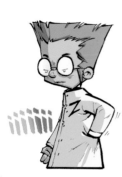

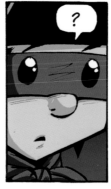

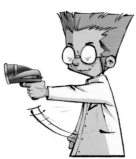

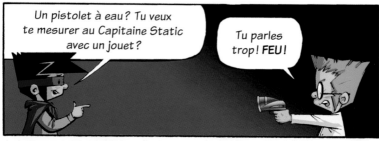

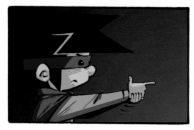

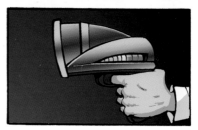

Rien ne se produit…

Absolument rien !

Le pistolet du Maître des Zions se serait-il enrayé ? Serait-il défectueux ? Van de Graaf a-t-il conservé le coupon de caisse pour se faire rembourser ?

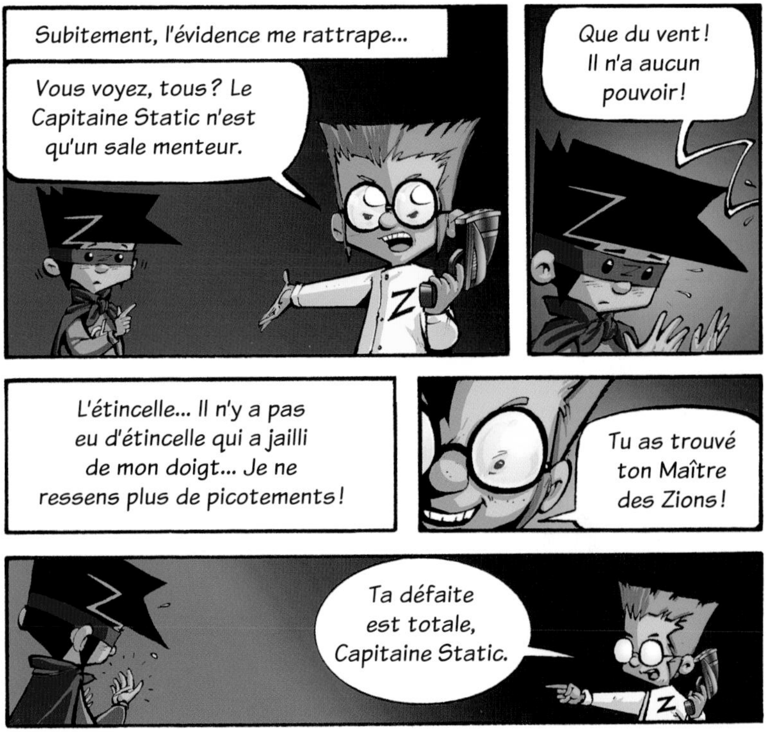
Subitement, l'évidence me rattrape...
Vous voyez, tous? Le Capitaine Static n'est qu'un sale menteur.
Que du vent! Il n'a aucun pouvoir!
L'étincelle... Il n'y a pas eu d'étincelle qui a jailli de mon doigt... Je ne ressens plus de picotements!
Tu as trouvé ton Maître des Zions!
Ta défaite est totale, Capitaine Static.

Non! Impossible! L'héroïque Capitaine Static n'a pas fait son dernier *TIC!* De nouveau, je me traîne les pieds sur le tapis. Frénétiquement. Je suis déterminé à renverser la vapeur.

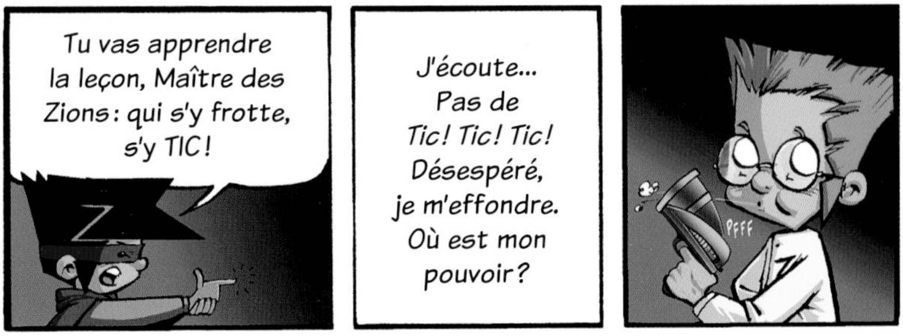
Tu vas apprendre la leçon, Maître des Zions: qui s'y frotte, s'y TIC!
J'écoute... Pas de Tic! Tic! Tic! Désespéré, je m'effondre. Où est mon pouvoir?
PFFF

Chapitre 5

Je n'ai pas prononcé un seul mot depuis notre départ du studio de télévision. Pénélope et Fred essaient de me remonter le moral, en vain. On m'a vidé de mes énergies... On m'a lessivé... On m'a... zionisé !

De quelle manière ? Je l'ignore et c'est ça le plus frustrant. Le fantastique Capitaine Static neutralisé par un vulgaire fusil à eau. À la télé et en direct, en plus ! Dur coup pour mon orgueil de super-héros...

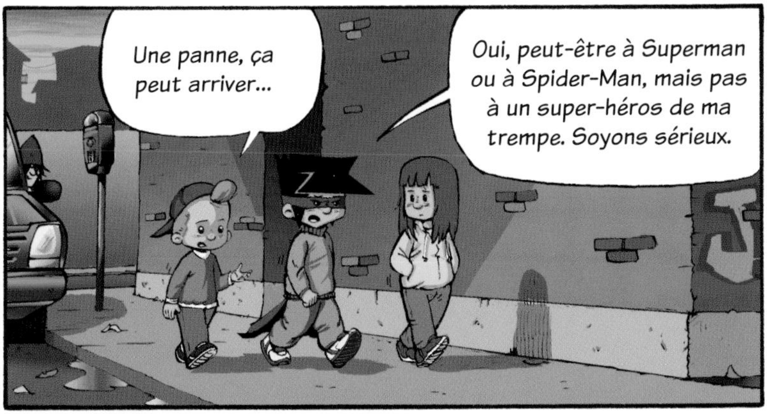
Une panne, ça peut arriver...
Oui, peut-être à Superman ou à Spider-Man, mais pas à un super-héros de ma trempe. Soyons sérieux.

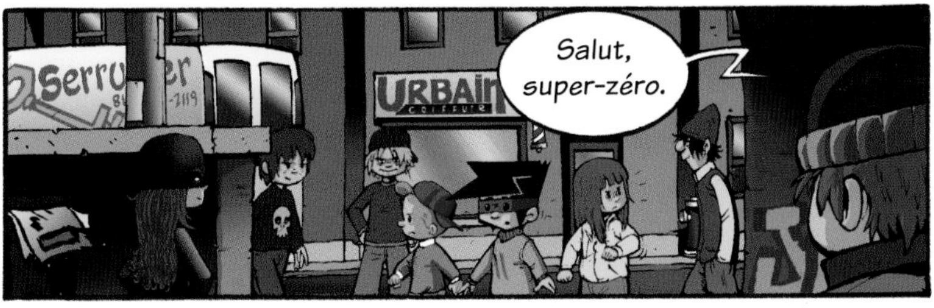
Serru
URBAIN
Salut, super-zéro.

Dans la jungle, les hyènes chassent souvent la nuit lorsque leurs proies sont les plus vulnérables. Je ne suis donc presque pas surpris de croiser sur ma route la bande de Gros Joe ainsi que Miss Flissy.

Ce qui m'étonne pas mal, par contre, c'est de voir le Maître des Zions surgir d'une zone d'ombre. Nous sommes rapidement encerclés.

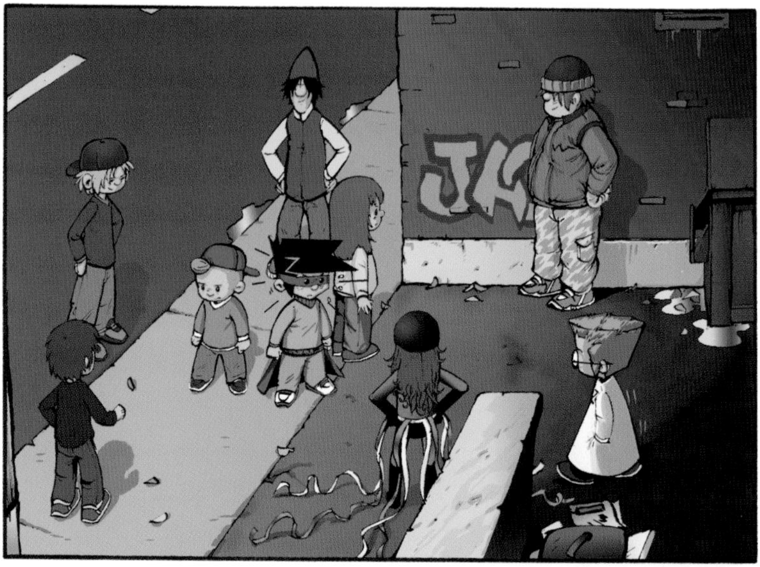

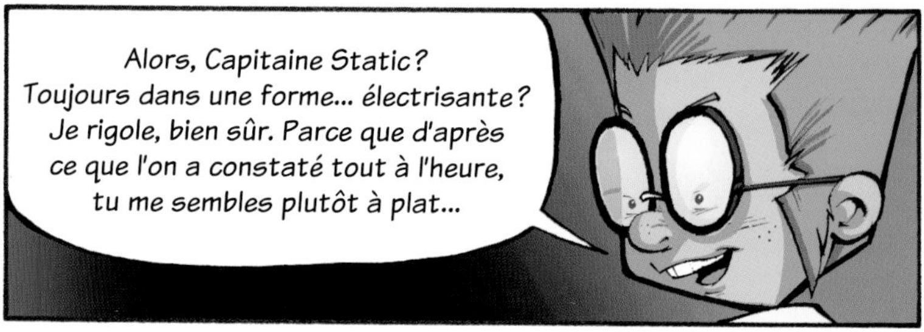
Alors, Capitaine Static? Toujours dans une forme... électrisante? Je rigole, bien sûr. Parce que d'après ce que l'on a constaté tout à l'heure, tu me sembles plutôt à plat...

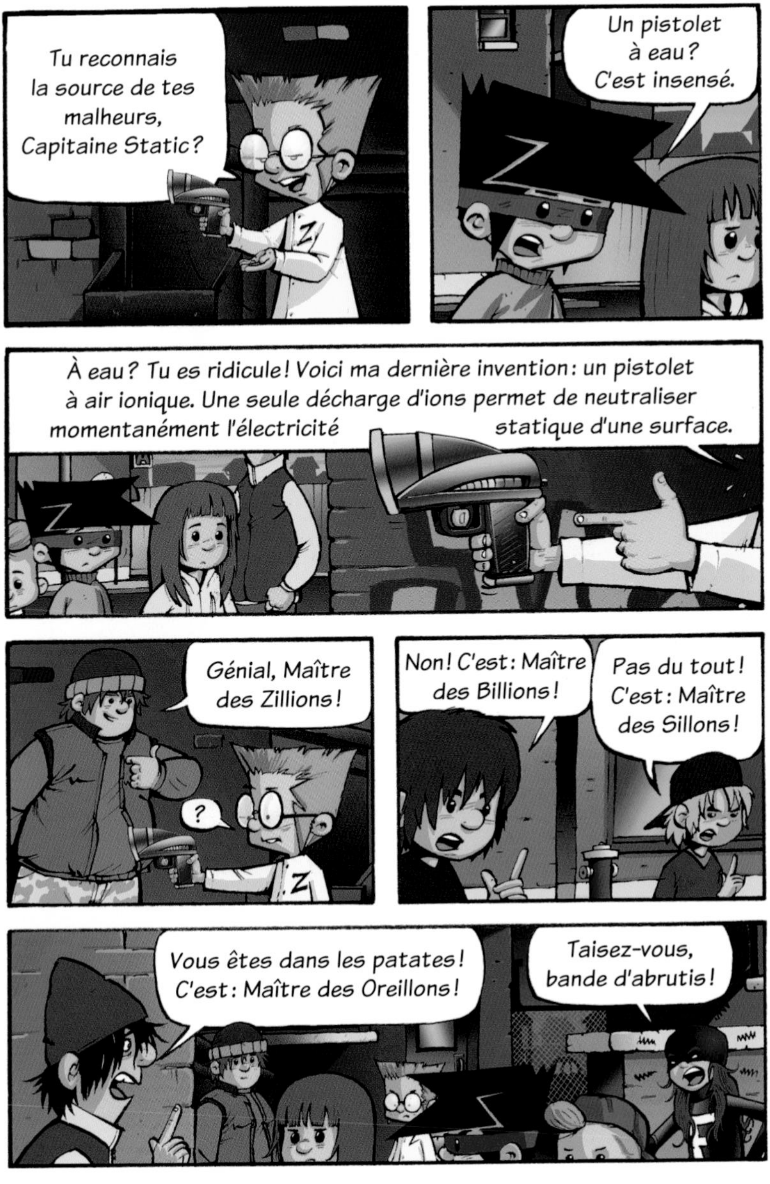
Tu reconnais la source de tes malheurs, Capitaine Static?
Un pistolet à eau? C'est insensé.
À eau? Tu es ridicule! Voici ma dernière invention: un pistolet à air ionique. Une seule décharge d'ions permet de neutraliser momentanément l'électricité statique d'une surface.
Génial, Maître des Zillions!
?
Non! C'est: Maître des Billions!
Pas du tout! C'est: Maître des Sillons!
Vous êtes dans les patates! C'est: Maître des Oreillons!
Taisez-vous, bande d'abrutis!

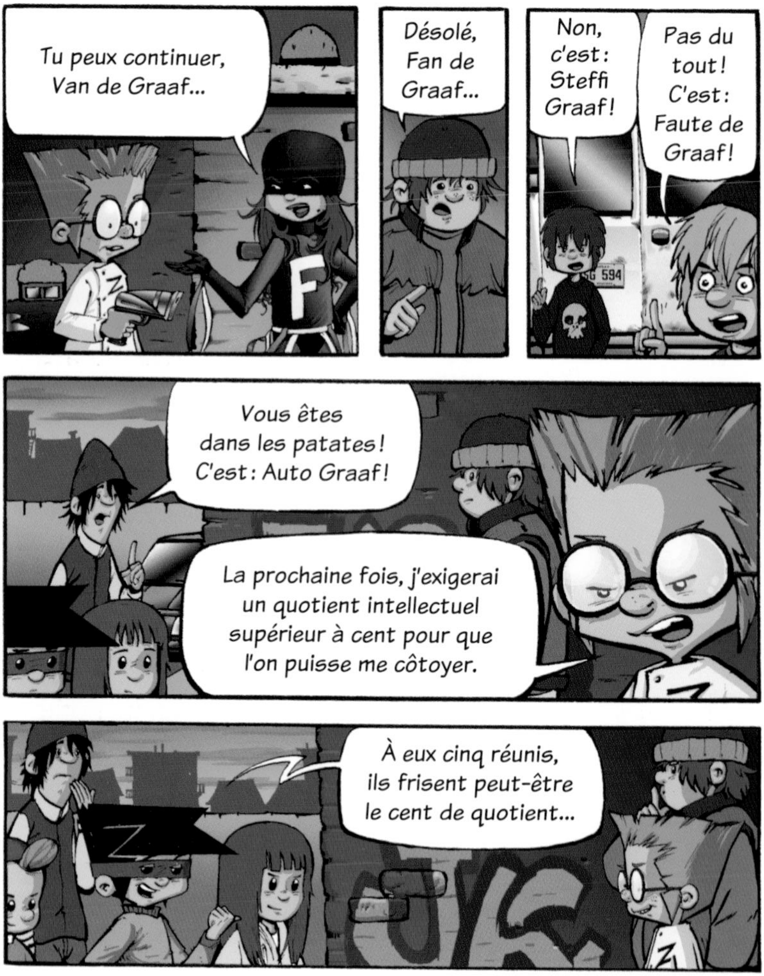
Tu peux continuer, Van de Graaf...
Désolé, Fan de Graaf...
Non, c'est : Steffi Graaf !
Pas du tout ! C'est : Faute de Graaf !
Vous êtes dans les patates ! C'est : Auto Graaf !
La prochaine fois, j'exigerai un quotient intellectuel supérieur à cent pour que l'on puisse me côtoyer.
À eux cinq réunis, ils frisent peut-être le cent de quotient...

Le Maître des Zions esquisse un sourire. Si ce n'était de son pistolet, j'affirmerais que nous sommes en train de sympathiser. Retrouvant son air mauvais, mon adversaire actionne un bouton. Un son aigu indique que l'arme se charge.

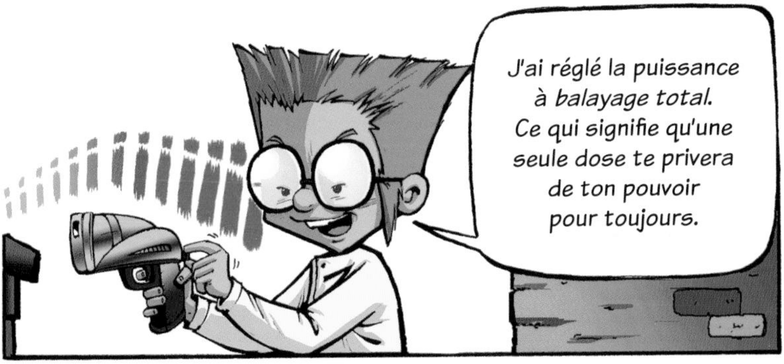
J'ai réglé la puissance à *balayage total.* Ce qui signifie qu'une seule dose te privera de ton pouvoir pour toujours.

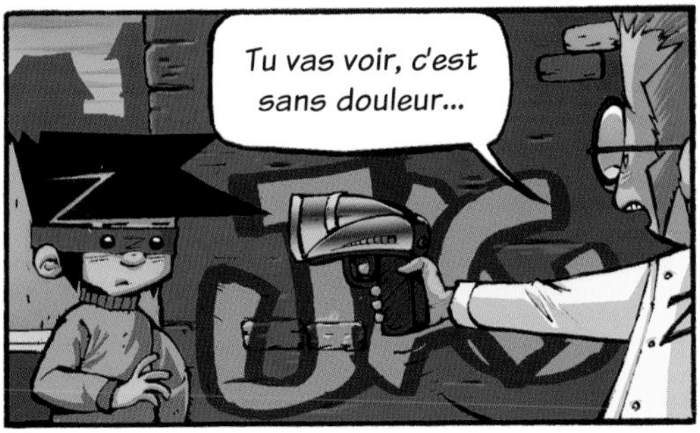
Tu vas voir, c'est sans douleur...

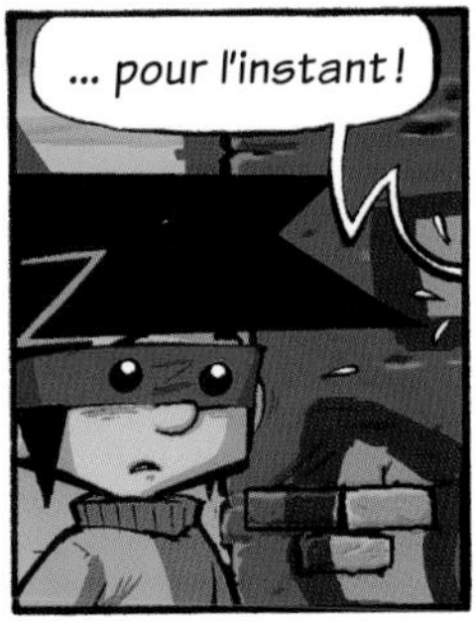
... pour l'instant !

Gros Joe et sa bande se réjouissent déjà à l'idée de me sauter dessus dès que le Maître des Zions m'aura rendu inoffensif pour de bon. Ils ont l'intention de me faire payer chèrement leurs malheurs de mes premières aventures.

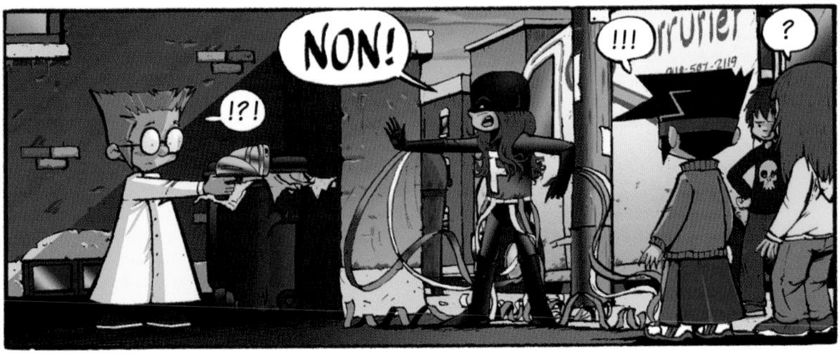
NON!
!?!
!!!
?

Chapitre 6

Van de Graaf est déconcerté. Tout comme moi. Miss Flissy qui se porte à ma défense au moment où le Maître des Zions va m'anéantir?

Dans mes rêves, oui... Elle tend la main vers le fusil ionique.

À MOI, l'honneur.
Oui, ça te revient, Angélikoukou.
?
Après tout, c'est ton plan qui a fonctionné...
Ton plan? Quel plan?

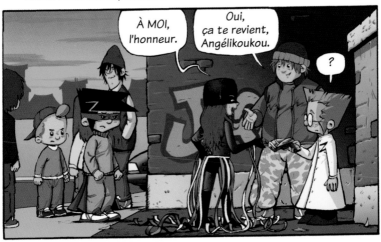

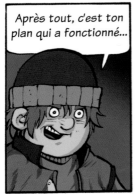

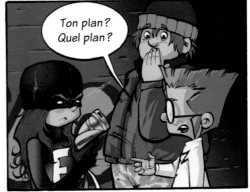

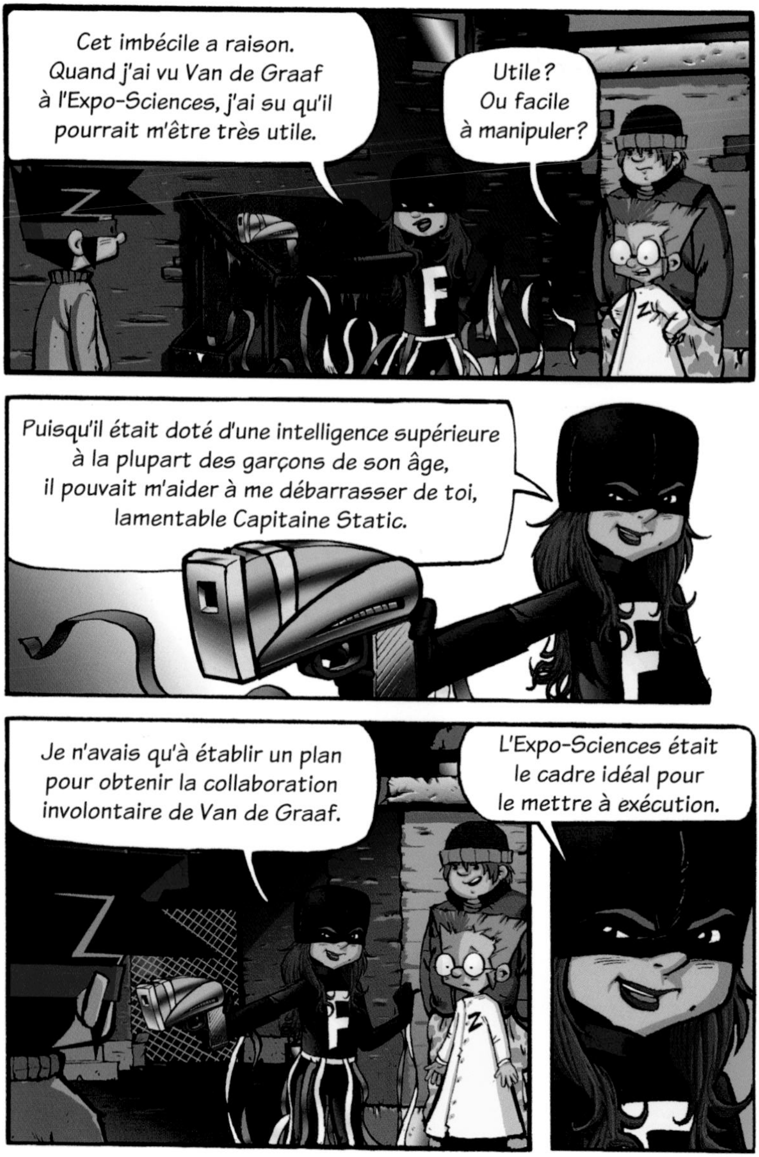
Cet imbécile a raison. Quand j'ai vu Van de Graaf à l'Expo-Sciences, j'ai su qu'il pourrait m'être très utile.
Utile? Ou facile à manipuler?
Puisqu'il était doté d'une intelligence supérieure à la plupart des garçons de son âge, il pouvait m'aider à me débarrasser de toi, lamentable Capitaine Static.
Je n'avais qu'à établir un plan pour obtenir la collaboration involontaire de Van de Graaf.
L'Expo-Sciences était le cadre idéal pour le mettre à exécution.

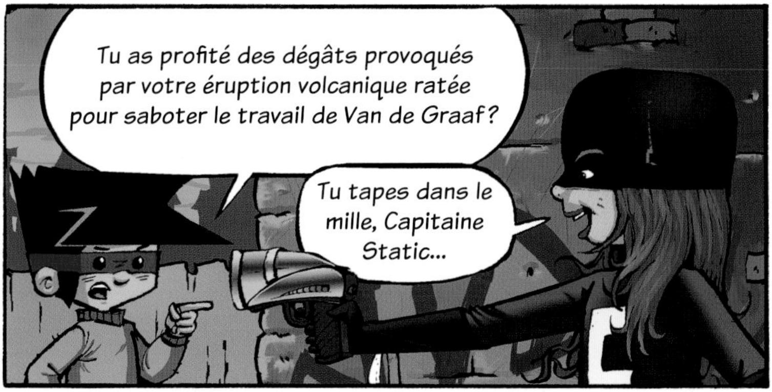
Tu as profité des dégâts provoqués par votre éruption volcanique ratée pour saboter le travail de Van de Graaf?
Tu tapes dans le mille, Capitaine Static...

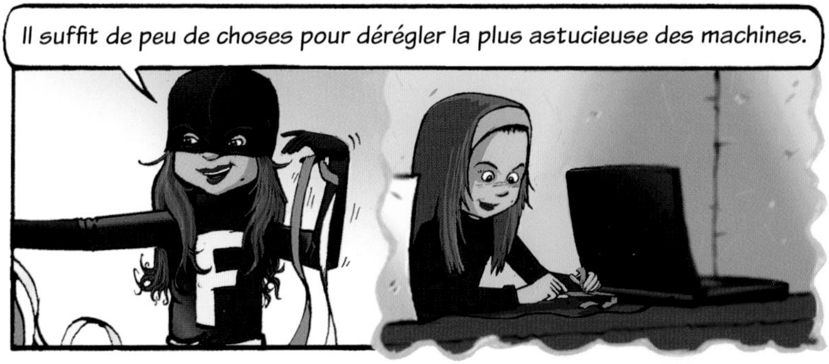
Il suffit de peu de choses pour dérégler la plus astucieuse des machines.

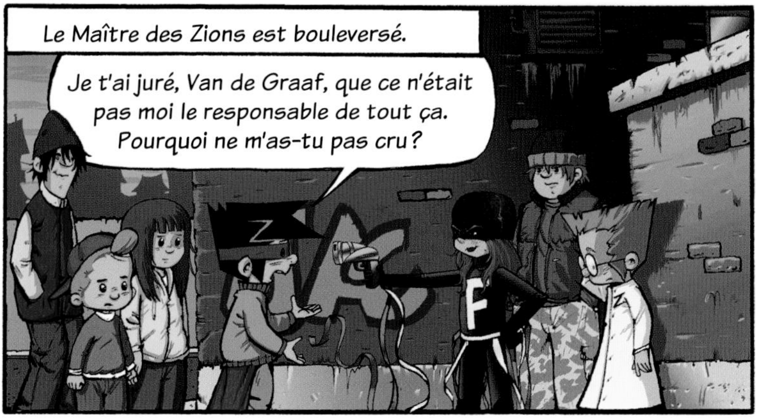
Le Maître des Zions est bouleversé.
Je t'ai juré, Van de Graaf, que ce n'était pas moi le responsable de tout ça. Pourquoi ne m'as-tu pas cru?

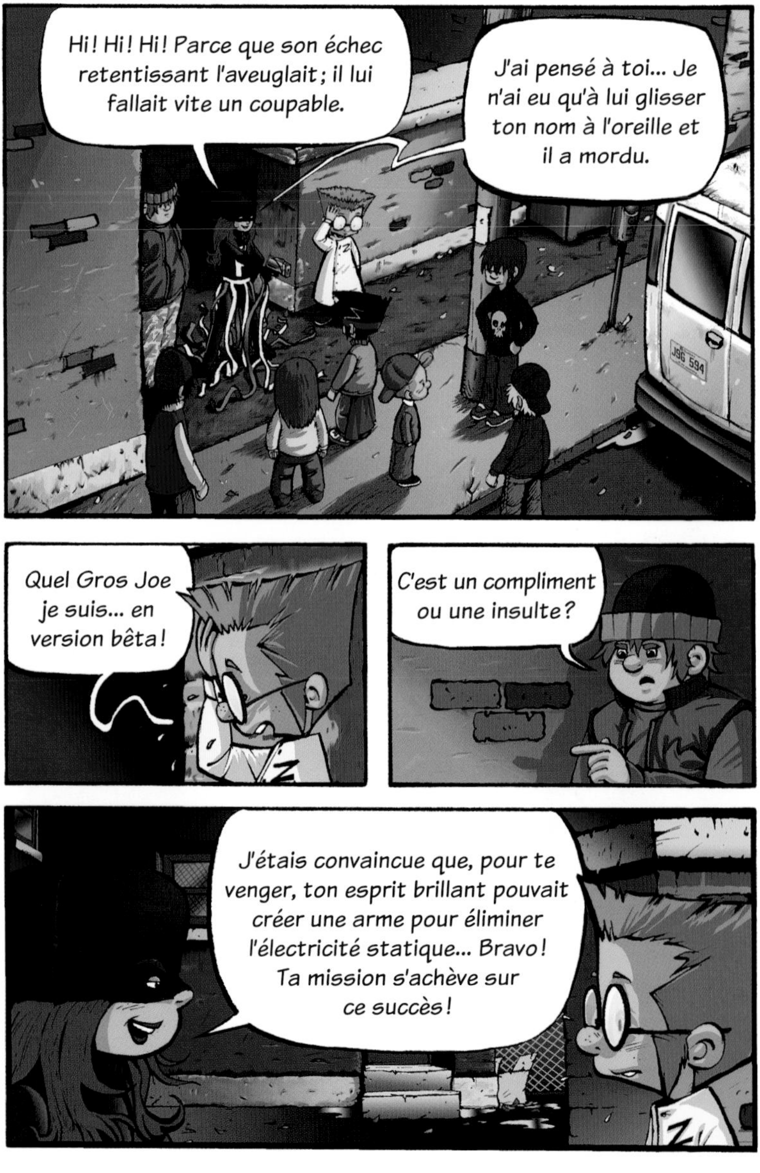
Hi! Hi! Hi! Parce que son échec retentissant l'aveuglait ; il lui fallait vite un coupable.
J'ai pensé à toi... Je n'ai eu qu'à lui glisser ton nom à l'oreille et il a mordu.
J9G 594
Quel Gros Joe je suis... en version bêta !
C'est un compliment ou une insulte ?
J'étais convaincue que, pour te venger, ton esprit brillant pouvait créer une arme pour éliminer l'électricité statique... Bravo ! Ta mission s'achève sur ce succès !

!?!
Je suis navré, Capitaine Static.
Et dans quelques secondes, grâce à toi, Van de Graaf chéri, la carrière du Capitaine Static sera balayée!
Il ne reste qu'une seule dose dans le pistolet. Je m'en occupe. Essaie de te charger...
!!!
N'est-ce pas touchant? Tu verses une larme de regret, Maître des Oignons?
Il est trop tard, maintenant. Tasse-toi!

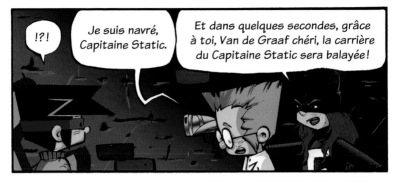

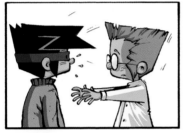

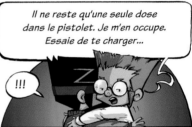

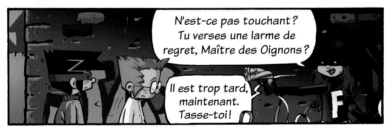

Plutôt que de s'écarter de la ligne de tir, Van de Graaf s'élance sur Miss Flissy pour lui arracher l'arme des mains. Une lutte féroce s'engage entre les deux. Van de Graaf en perd même ses lunettes. Gros Joe fonce pour aider son alliée, tandis que Pénélope et Fred s'amènent à leur tour pour prêter main forte au Maître des Zions.

Je profite de la diversion pour enlever mon chandail et engendrer de l'électricité statique. Pour *essayer* d'enlever mon chandail plutôt. Mais de nouveau, ma grosse tête refuse de franchir l'encolure. Aïe ! Mes oreilles ! Aïe ! Mon nez !

Tire, Miss Flissy!
Tire, Capitaine Static!
TIC
TIC
Adieu, Capitaine Sta...
TIC

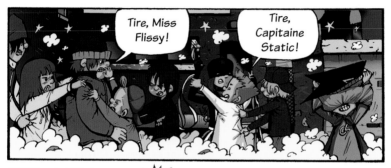

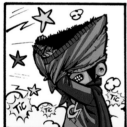

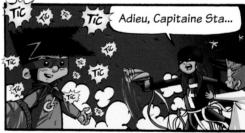

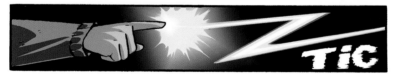

Frappée au corps, Miss Flissy échappe le pistolet à air ionique dans une explosion de bandelettes. Elle a dit deux mots et demi de trop ; j'ai ainsi pu tirer avant elle. Suis-je encore suffisamment chargé pour me défendre contre Gros Joe et sa bande ? Je les menace de mon index.

Ce ne sera pas nécessaire...
Aviez-vous oublié? Qui s'y frotte, s'y TIC!
ATTENTION!
!?!

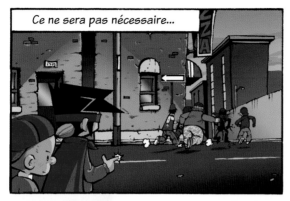

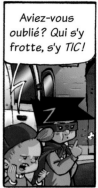

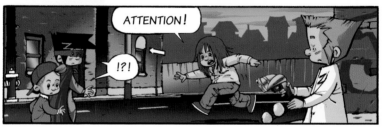

Van de Graaf a ramassé ses lunettes et l'arme qu'il braque dans ma direction. Tel un mur protecteur, Pénélope et Fred se placent devant moi.

Essaie pour voir...
C'est inutile.
NON! NE FAIS PAS ÇA!
C'est le seul moyen d'en finir... Avec le mal que j'ai causé...

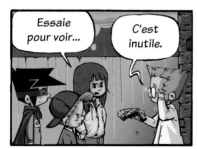

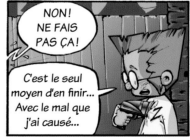

Il appuie sur la gâchette. Je n'ai pas pu l'empêcher de commettre l'irréparable. Il s'est envoyé la décharge totale d'ions!

Chapitre 7

Pas d'explosion. Pas de cris ni de lamentations. Le Maître des Zions me regarde avec une curieuse expression.

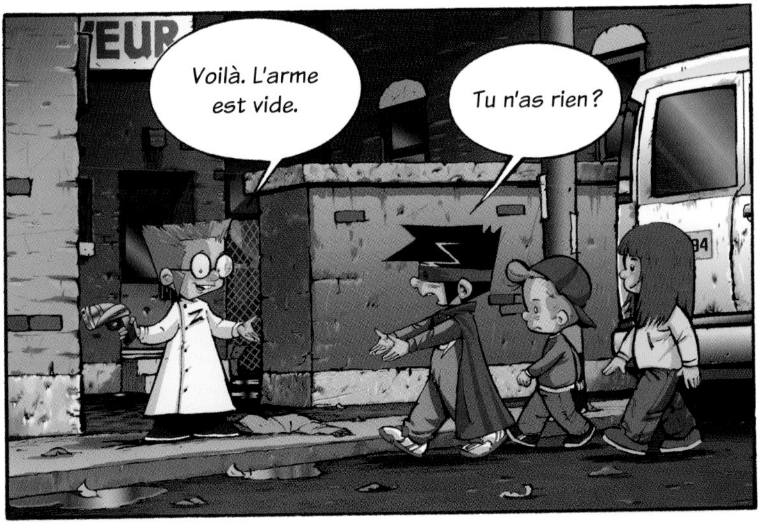
EUR
Voilà. L'arme est vide.
Tu n'as rien?

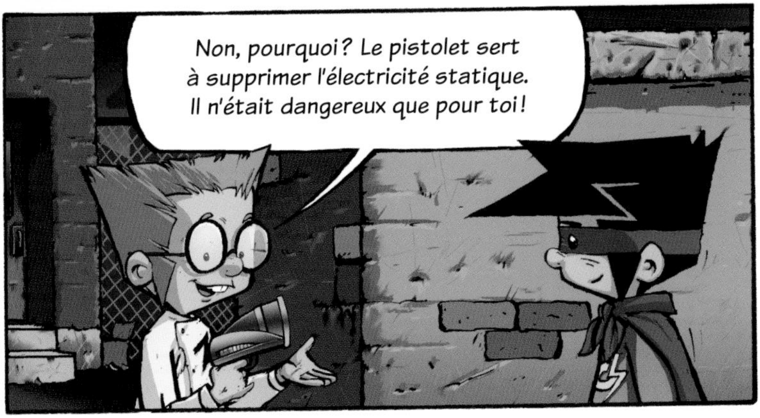
Non, pourquoi? Le pistolet sert à supprimer l'électricité statique. Il n'était dangereux que pour toi!

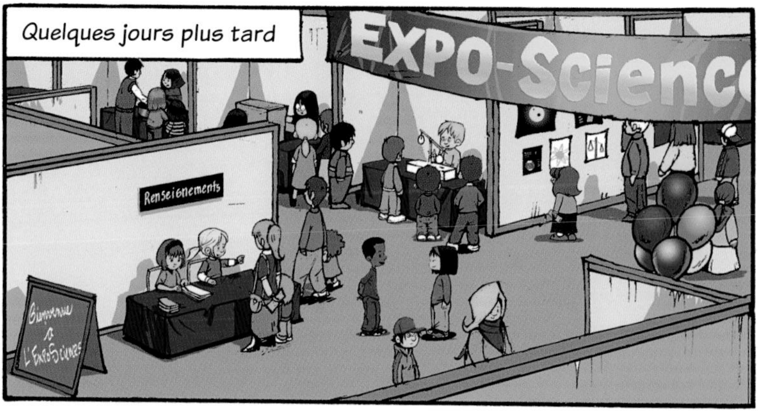
Quelques jours plus tard
EXPO-Scienc
Renseignements

Les membres du jury d'Expo-Sciences ont repris aujourd'hui l'évaluation des kiosques. Voici donc Expo-Sciences, prise 2 ! À quelques différences près...

À commencer par Gros Joe et Miss Flissy qui brillent par leur absence, sans doute humiliés après le fiasco de leur plan de pulvérisation statique. Qui s'ennuiera de leur éruption volcanique ? Sûrement pas le jury.

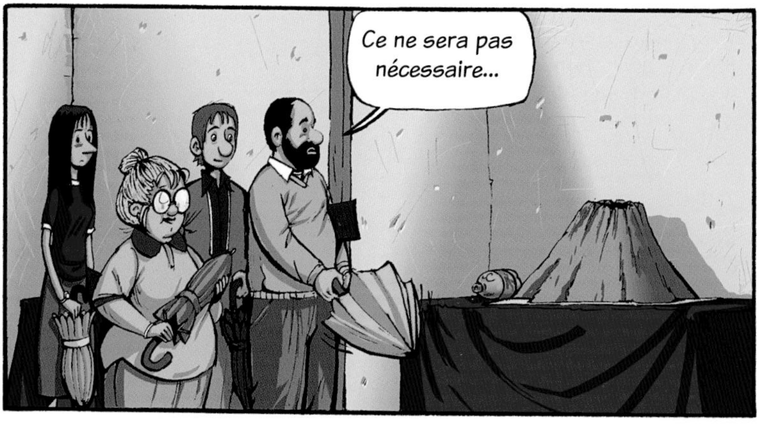
Ce ne sera pas nécessaire...

Les membres du jury s'arrêtent devant nous. Ils nous félicitent pour notre présentation. Allumer une ampoule avec deux citrons, ce n'est pas de la tarte ! Et ça prend du jus !

Le groupe passe ensuite au générateur de Van de Graaf. Sa machine demeure tristement inanimée. C'est bien beau la théorie, mais rien ne vaut la pratique pour comprendre.

Peux-tu nous rappeler comment ça fonctionne ? Quand ça fonctionne, bien sûr...
Ça marche comment ? Bien... ça ne marche pas...
Quel blagueur, ce Van de Graaf ! Il vous a joué un bon tour, mon ami, le Maître des Zions.
!?!
Des membres du jury notent le nom original. J'adresse un clin d'œil à Van de Graaf.
Bon, assez parlé. Si on redémarrait ton ordinateur...
C'est fait !

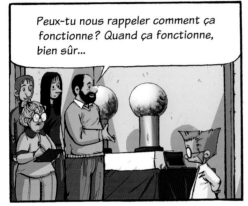

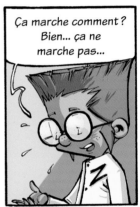

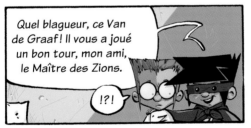

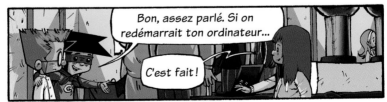

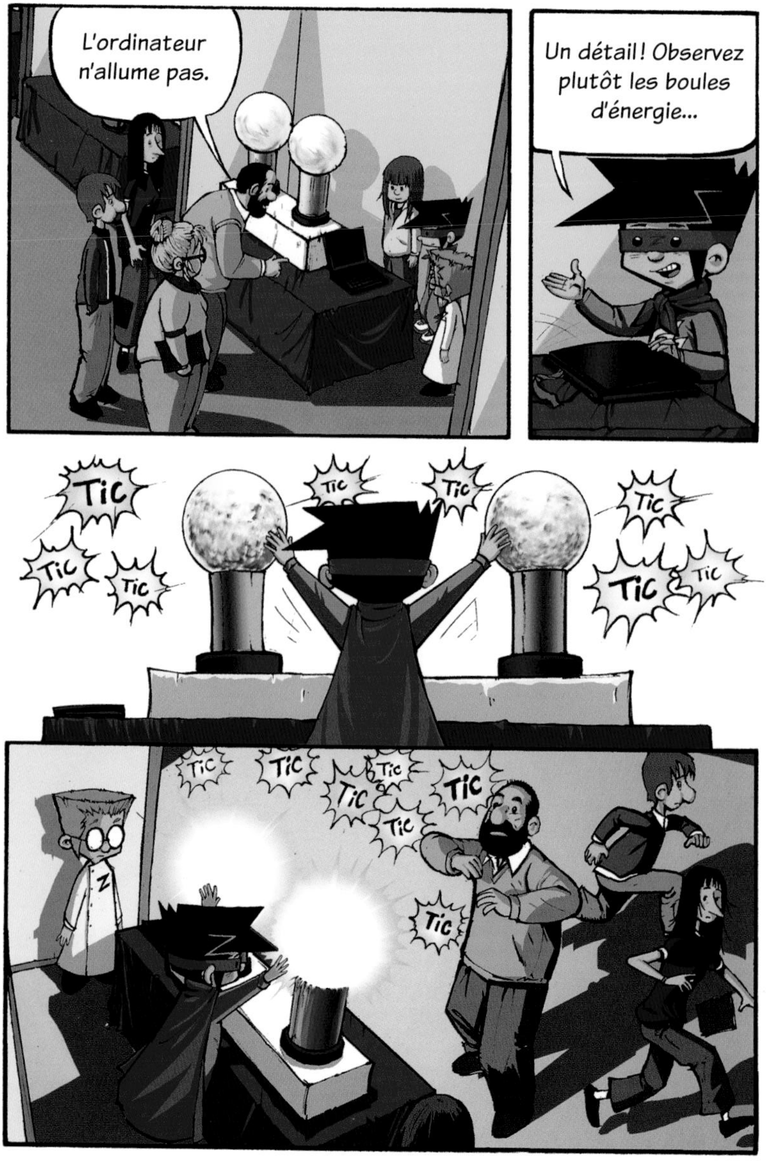
L'ordinateur n'allume pas.
Un détail! Observez plutôt les boules d'énergie...
Tic
Tic
Tic
Tic
Tic
Tic
Tic
Tic
Tic
Tic
Tic
Tic
Tic
Tic
Tic
Tic

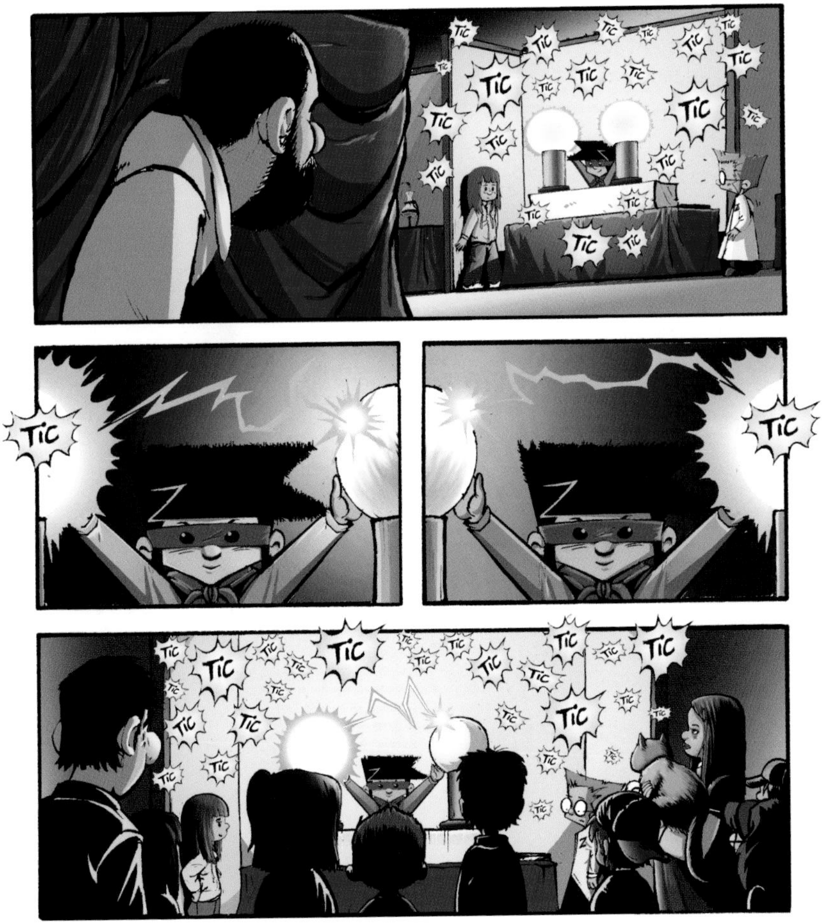
TIC
TIC
TIC
TIC
TIC
TIC
TIC
TIC
TIC
TIC
TIC

Parmi la foule qui se masse maintenant près du kiosque, je remarque la silhouette de madame Ruel, qui tient son chat contre elle. Le précieux Newton III m'adore. Dès qu'il m'aperçoit, le félin bondit des bras de sa maîtresse et atterrit sur l'une des deux sphères. Madame Ruel veut l'en arracher…

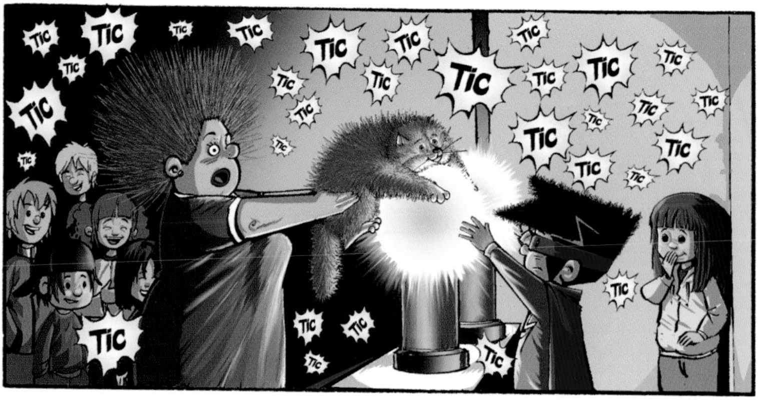
TIC

Cette fois-ci, elle ne pourra pas prétendre que je suis à l'origine de ses malheurs… Du moins, pas totalement…

Tout le monde rigole.

Comme s'il venait de recevoir une décharge électrique, Van de Graaf revient à la vie. Le ton de sa voix s'emballe tandis qu'il apporte les explications au phénomène des boules d'énergie.

Face à ce résultat convaincant, les membres du jury ne peuvent se retenir d'applaudir.

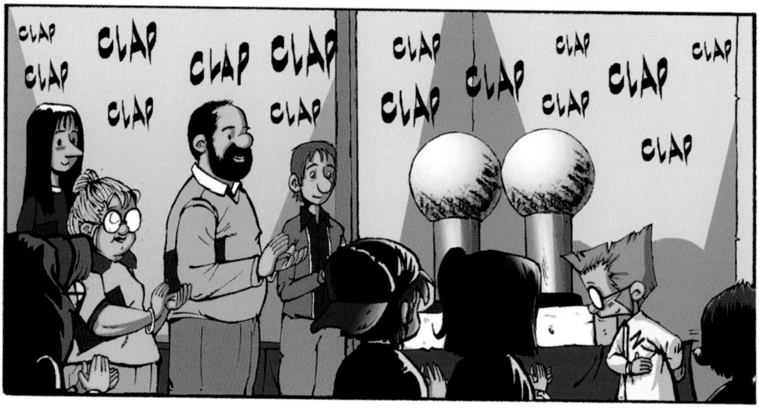
CLAP

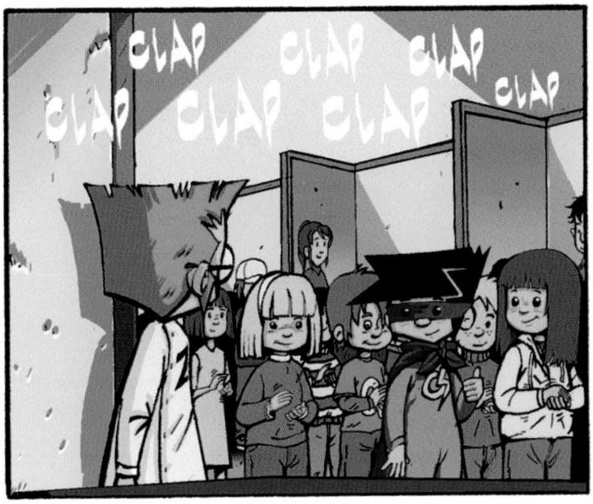
CLAP
CLAP
CLAP
CLAP
CLAP
CLAP
CLAP

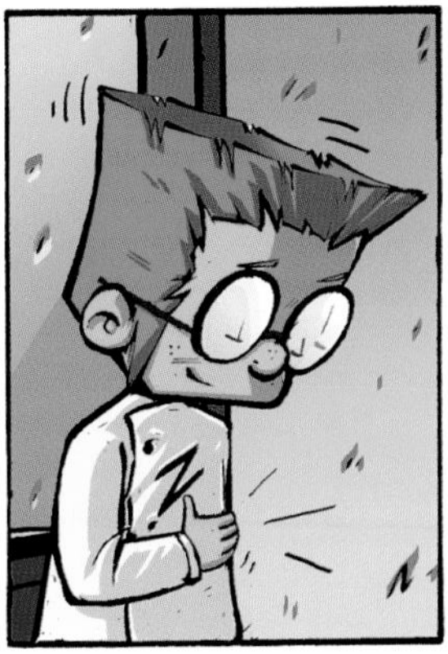

D'un bref signe de tête, Van de Graaf me remercie. Je me réjouis pour lui. Pénélope et moi n'avons peut-être pas remporté le concours, mais nous avons gagné un ami.

On ne peut pas affirmer qu'un nouvel allié soit de trop pour le Capitaine Static… Ça me changera d'un ennemi de plus, pour une fois.

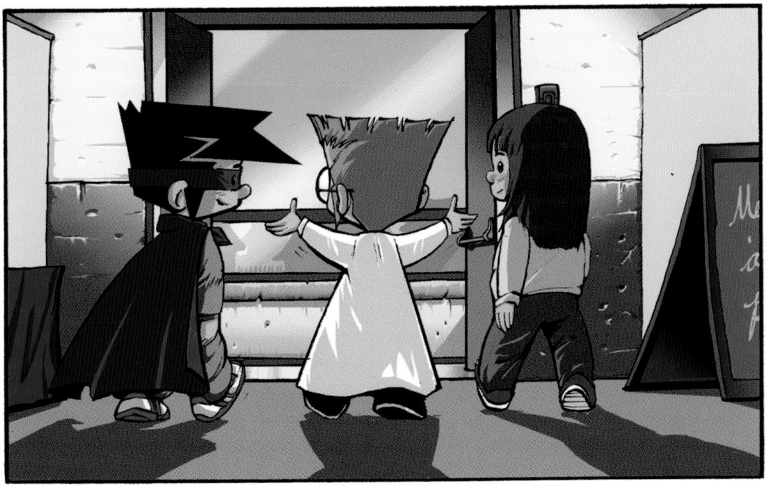

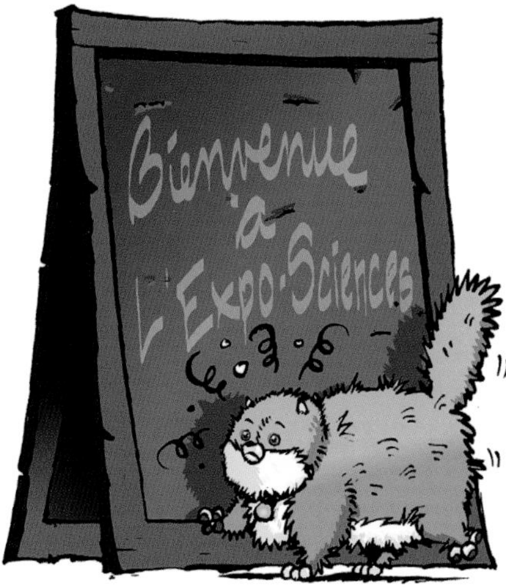
Bienvenue
à
L'Expo-Sciences

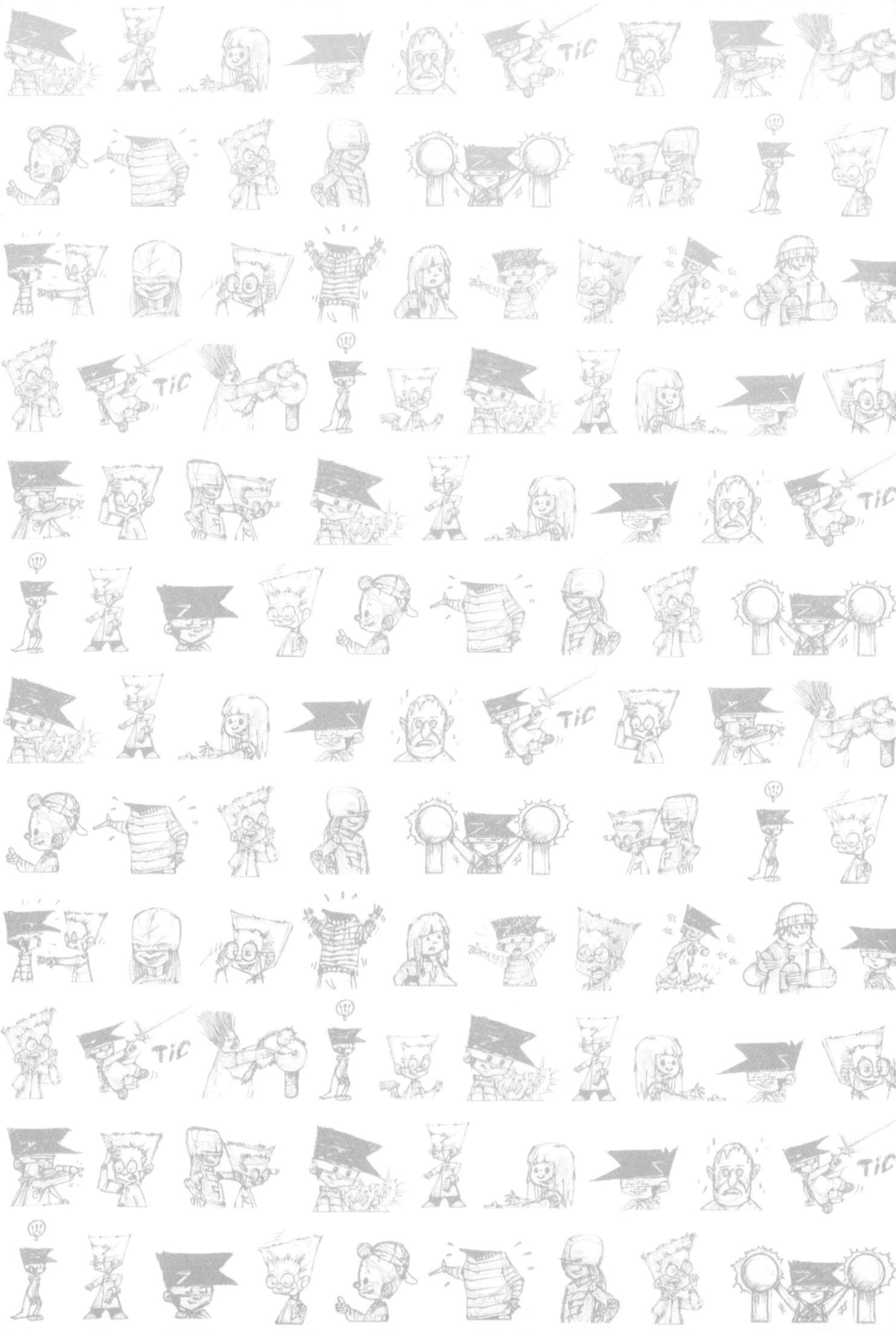
TiC